散文集

芋芳斋集

李庆生◎著

九 州 出 版 社
JIUZHOUPRESS

图书在版编目（CIP）数据

芋芳斋集 / 李庆生著. –– 北京：九州出版社，
2023.7
ISBN 978-7-5225-1963-0

Ⅰ.①芋… Ⅱ.①李… Ⅲ.①散文集–中国–当代
Ⅳ.①I267

中国国家版本馆 CIP 数据核字（2023）第 119865 号

芋芳斋集

作　者	李庆生　著	
责任编辑	王文湛	
出版发行	九州出版社	
地　址	北京市西城区阜外大街甲 35 号（100037）	
发行电话	（010）68992190/3/5/6	
网　址	www.jiuzhoupress.com	
印　刷	成都兴怡包装装潢有限公司	
开　本	880 毫米 × 1230 毫米　32 开	
印　张	9.625	
字　数	192 千字	
版　次	2023 年 7 月第 1 版	
印　次	2023 年 7 月第 1 次印刷	
书　号	ISBN 978-7-5225-1963-0	
定　价	68.00 元	

纪念 77 级 46 周年（1977—2023）诞辰

泉清堪洗砚

山秀可藏书

作者墨迹

序

臧连明

著书有序，虽非定规，却是常例。有人说，一本书无序，拿起来的感觉犹如旅游途中初入景点时无导游指南一般，令人摸不着头绪，不知所行之路径，不知将看何景观，更难以尽快进入情境。这话虽不十分确切，但也有一定的道理。所以，著作界自古以来有"有书尽可能有序"的习惯，一度甚至有过"无序不成书"之语。

按照传统的习惯，书之序有两种，即自序和他序。自序无疑是作者自己谈谈写作的缘起，介绍一下书的内容或就本书的精华部分给予特别的提炼，这对读者更好地了解著作的写作背景、经过、脉络以及更深刻并准确地理解作品，是十分必要和有益的。史上著名的自序可数《史记·太史公

臧连明，安徽明光人。先后任职于省内高校、滁州市宣传、文化、广播电视和新闻出版部门。曾在《光明日报》《瞭望》《新民晚报》等报刊发表文学评论及杂感。论文《旧制度崩溃途中的牺牲品》《叶紫：清醒的现实主义》等被人大复印资料转载，出版现代文学评论集《从巴金到叶紫》。

自序》《聊斋自志》等，它们不仅成为著作史上的名篇，更是研究司马迁及《史记》、蒲松龄及《聊斋志异》的必需材料，有着其他任何材料都无法替代的作用。

他序的情况就要复杂一些了。按近年来新书之序发展的态势，他序大多为请名家名人来作，这也是不成文的惯例。因为名家名人之序不仅可以提高作者和著作的知名度，以利引起读者的兴趣，更可以为一本书增光添彩。所以，当庆生兄来电命我为其第二本散文集《芋芳斋集》写一序文时，着实令我颇感惴惴了一番，当即对庆生兄表示如此作法不妥，倒不是其他，主要是担心自己人微言轻，轻慢了庆生兄的精心佳构之作。但庆生兄说，我们同窗四载，几十年的交情，这是朋友间的雅事，何况可以"只谈友情"，不及其他，盛情难却，这任务看来是不领不行了。

面对庆生兄寄来的一大沓书稿和早年他送我的散文集《遥看草色》（山东人民出版社 2007 年 12 月第 1 版），我不由得重新回味起我们四年同窗以及毕业后的交往。那是一个特殊的年代，我们分别从自己的家乡考入了当时的安徽劳动大学中文系，因缘际会，我俩分在一个班，且住在一个寝室，还是上下铺，这样一住就是四年。作为 77 级大学生，是恢复高考后的第一届，"是中国社会在十年'文革'这个历史拐点处最先冒出的第一茬春笋"（《听风听雨又一年》）。因多年的积累，同学们的个人经历各不相同，年龄差距也比较大，庆生兄的年龄处于中等偏上，是老大哥，所以从那时起，我们就尊称为老李，这个称呼至今未变。四年的相处，我们已经既是同学更是兄弟，有一种亲情在，这种感情是在当时的特殊条件下逐步建立的，我们的学校当时地处宣城的麻姑山下，是一个偏僻的山区，条件比较艰苦，所以同学们之间相处更多一层离家之后相互关照的情愫。去教室听大课、去图书馆看书、晚上去操场看露天电影，要占有利的位子；去食堂打饭、去开水间打开水要排队，庆生兄处处都体现出了老大哥风范，常常给我以帮助，令我至今难以忘怀。毕业后我被留校并随院校调整去了安庆，后又调回滁州，庆生兄回到了他的家乡和县，我们各自在不同的地方、不同的岗位，如有变动，也是第一时间告知对方。有两次我曾专门去和县看望，他抽空陪我看乌江霸王祠、刘禹锡"陋室"，品当地美食的情景，至今仍留在记忆中。

在毕业后的近四十年时间里，庆生兄的工作岗位几经变动，虽然一直在公务员的位置上，但工作性质还是随着岗位的转换略有变化的。有一条没变的是，他对散文创作的热情一直没减，并时有新作问世。记得当年进校后看到他在《安徽日报》等报刊发表的散文，立刻激发了我们对其才华的钦佩，也从此给我留下了很深的印象。在之后的岁月里，他每有新作问世，我们都为他高兴，为他欣喜。有时我甚至认为公务员的岗位影响了他作为散文家的潜质，耽误了他散文方面的成就。但人生就是这样的无奈，没办法的。所以，当年收到他寄来的《遥看草色》，我便由粗到细认真读过，也略有体会。想到庆生兄交代的任务，连同这次刚读的书稿的一些想法，我虽自知浅陋，也义不容辞，干脆不揣冒昧，把它记在下面，但着实不敢称为书序，只是作为本书稿较早的几个读者之一的几点感受和想法，也算是对庆生兄的一种交代吧！

收在本书中的几十篇文字，写作时间跨度几十年，大部分是近年的新品。其中两篇比较特殊，即《南来的燕子》和《菱花赞》，是作者特意收入的早年的心爱之作，具有浓郁的时代气息，作为历史的遗存，对作者和读者都是"绕不过去的历史"，从一个角度展现特定时期的人物或场景，是回顾，是回味，时代的印记反而使文集更多了一层沧桑感和历史的厚重感。

通读全书，感觉篇篇皆为有感而发，意旨端正，有一些篇什还透露出强烈的使命感和责任感。从总体上看，全书大致三个方面给人以深刻的印象，一是对人生的感慨，二是旅行中思考，三是对往事的回味。

辛卯秋，我们的同学搞了一次"入学三十年"纪念聚会。同学们欢聚一堂，没有烦人的俗套，没有难耐的虚伪，积了几十年的话语，只图一吐为快，以此为契机，庆生兄形成了一篇《听风听雨又一年》，其中对"三十年河东，三十年河西"的阐述，读后令人深思。其中对人生的思考，直接渗入了人的心灵深处，可以说达到了化境。"对于现在的我们来说，由于有了一个花甲的时间打底了，有了一个追求奋斗的阅历铺垫"，"在理解的深浅，认识的高低，感受的痛痒上与往日相比是绝对不可同日而语的"。确实，几十年的风风雨雨，"社会、个人、家庭都有过一些变化，有渐变，也有突变，但那变化，大多是伴随着社会性的整体变化而变化，是顺时而动"。正如庆生兄所说："77级，那批从社会最基层的各行各业、农村田头、工厂车间、部队营房考入高校的天之骄子（这是那个时代的社会赞誉），倍加珍惜这难得的学习机会，经过一番苦读深钻，当他们从各个山头各个院校走出来之后，早就由上访者的角色层层转变为上访客的接待者的角色，转变为各级国家机关、人民团体、企事业单位管理者的角色了。这才是一个历史性的也是一个必然性的变化。""今天的大变是无数小变的积累，这个变化的历史长度不是瞬间膨化的结果，而是之前的每一天，以一分一秒为时间单位的微变叠加起来的量变总和。"据此，庆生兄认为，这样的变化，不论是站在历史还是现实的高度，都不是河东转河西之变所能比拟的。在大的变动中，社会的发展，人们的受益已经是公认的事实。"千年未有之大变局"，"是一个时代的切换"。可贵的是，也是庆生兄的深刻之处，他清醒地看到了现实同时也是残酷的，发展不平衡性才是发展正道，不论是群体还是个人，不论是大树或是小草，雨露均沾是永远不可能实现的诉求。因此回望几十年的人生之路，他认为人生的追求早已结成了生命之树的果子，对于生命过往中的得与失，他早已看淡，剩下的光阴总要留一点给自己，好好地享受蓝天白云、青山绿水、空气阳光，享受天伦之乐、友爱之乐、自在之乐。在纷繁复杂的社会现实面前，有如此清醒的认识和明确的人生态度，才使他在变与不变的环境中始终保持"这一个"自我，也因此而有了较为精彩的人生。它让我们看到了作者的豁达和通透，给我们的人生启迪是显而易见的。类似的篇幅书中还有不少，这也应该是本书的突出特点之一。

在《芋芳斋集》中，有一批游记类散文，这也是书中的重头戏，有相当的分量，比如《宁远阅城》《大观楼的雨》《黄河故道梨花香》《蔚蓝的大海好洗尘》以及《晋善晋美山西行》中的《云冈夕照》《恒山途次》等等。这些游记看似写景，实为写情写意，描写、记叙、抒情、说理常常融汇交合，浑然一体。有时作者面对美景，在形象描绘中忍不住站出来直抒胸臆，用流露的真情感染你，让你在不知不觉中，随着作者的笔端，边浏览美景边品味情物，会让你感受到另一番情趣，引起人们的遐思漫想。比如《恒山途次》，从引徐霞客《游恒山日记》对"天下巨观"的赞叹入手，一句"悬空寺果然凌空飞入了我们的眼帘"，很快把人们的思绪带入了悬空寺的情境之中，接着很快发出了感叹："嗬，好一座巧夺天工的千年古寺！只见绝壁之上，层楼重叠，殿宇错落，栏柱朱丹，檐牙翼然。它上不着天，下不着地，像是从天上飞来，又像是往天上飞去！"

短短数语，有眼前的实景，有观景者欣喜的激情，景在眼帘，情由景生，情景交融，他给冰冷的石头赋予了生命，赋予了激情，寄托了情感，寄托了思想，使作品充盈着沁入心灵的感染力。

在云冈石窟面前，作者发思古之幽情，"为什么要造如此巨大的佛像"？"为什么还要创造那些小如手掌的佛像，甚至小到几厘米的"，成千上万的多得让你数不过来？鉴于作者对历史的熟悉和深刻的认知，结论是令人叹服的："在当时把佛教作为国教的北魏王朝，皇家正是为了弘扬佛法，使之达到教义永恒，皇权永存的目的，让芸芸众生在这些高大和众多的佛像面前所产生和表现出来那种心灵的震慑，如果能起到人心对现实的皈依和顺化作用，大概是造像的决策者所期待的最佳效果了。"真可谓一语中的！可贵的是，作者并没有停止于此，而是深情地感谢那些美的创造者，艺术高峰的攀登者，感谢他们把没有生命的石头，雕刻成永生的形象，感谢他们把自然界粗糙的物质，雕刻出深邃的思想，感谢他们把平凡的山体雕刻成无尽的时光和不灭的记忆。这样，一座座冰冷的石雕，经作者的生花妙笔，就变得活灵活现，有了鲜活的艺术的生命，同时也让我们感受到了作者独特的观察与思考，并从中得到了深刻的启示。

以家乡的人和事为题材，展现作者对往事的回味，这在本书中占有相当的分量。比如《横江水，流啊流》《苇芳斋小记》《北京的俩外孙》《老表》等，在这些作品里，我们看到了作者经历的"一幅幅难忘的人生画面"，在这些色彩斑斓的生活场景中，有人有物，有情有景，更有人生的感悟。

《老表》记叙了作者身边的最先融入城里的几个小老表的人生经历，表现了他们在这个"千年未有之大变局"中的生存沉浮，让人感受到的是时代的气息，是环境对人的影响，告诉人们，不论是何种大变局，哪怕是"千载难逢"的机会，人们都要必须有着充分的准备，要适应这个社会，要有自己的底线，要知道自己在社会中扮演的角色，自身的能力，要知道该做什么，能做什么，不该做什么，不能做什么。反之，"如果缺乏自我约束力，缺乏应有的警惕性，说不定前面就有地雷、陷阱、蛇蝎在等着炸你、害你、咬你，你可能还浑然不知"。可以看出，作者看问题之敏锐，分析之深刻，可谓目光如炬，令人叹服。

《芋芳斋集》中还收录了一批以知识性取胜的作品，如《拜石》《一棵山坳古树的写生》《俞樾与楹联》《唐太宗的〈吊文〉和李太白的〈碑文〉》等。读这些作品，学者型散文的味道随时可见可感。庆生兄善于把典籍记载、历史故事、民间传说、趣味逸事等撷取过来，为我所用，常常用一条思想的红线串连成篇，于谈古论今中撞出思想的火花，在谈石论树中发现生活的真谛，探索对社会发展的规律性的认识。《拜石》从大书法家米芾拜石谈起，想到了羌族人民视白石为神兽，是天神和祖先的象征，白石崇拜成了羌人古老的传统习俗；想到了藏族、白族类似供奉白石的传说。在这些传说中，他看到了人们所以崇拜它，供奉它，是认为它不仅能主宰人类，同时还管辖山神和野兽。而对秦始皇帝和宋徽宗的拜石，庆生兄的分析是："两个皇帝拜石，一个是为家天下的万子万孙，一个是为了满足自己的骄奢淫逸，说到底都是一种占有欲作祟。"真可谓切中要害，一针见血！可贵的是，作者不仅谈古，更因拜石而"论今"，他认为，"一旦纯净的奇石进入熙熙攘攘的市场，纯粹的坦然的欣赏目光异变为精明、猥琐的估价眼光后，人们对奇石的那种欣赏角度，迷恋激情，收藏初衷，下拜动机，统统变味了，主宰这一切的就两个字：金钱。奇石成了金钱的替代品，拜石升格为拜金。这恐怕就连那些自命清高者流都不能免俗，更不用说还有那些在世名垂一时，身后遭人拍卖者，不亦叫人唏嘘不已"！从这里可以看出，作者在运用这些历史掌故和典籍时，不是拘泥于历史传说，而是既入且出，跳出历史，着眼现实，引发思考。同时并不炫耀博学，不故作高深，在深入浅出中让人感到了作者浓厚的历史、文学的底蕴。这也构成庆生兄散文的又一显著的特色。

在艺术上，庆生兄的散文倾向于本色之美。《芋芳斋集》所收作品，大多以个人生活经历为背景，在记叙与抒情间努力开掘人生的奥秘，探寻生活的哲理，揭示生存的

李庆生与臧连明（左）在滁州琅琊山

意义。在这里，没有思想的奇特，只有朴实的记叙与抒写，在他的所见所闻所思所想中，我们深切地领略到他真诚传达的自己对生活的那份感触，那份领悟，虽然没有华丽的繁缛的描写，更找不到什么飘忽、闪烁的意象，一切都像我们日常看到的那样亲切自然，那样朴素和谐，我们甚至认为这就是自己的人生之路，是我们所遇的生活中的涓涓溪流，这也许就是人们常说的共鸣吧！也正是在这阅读与欣赏中，我们看出了作者驾驭素材、把握文章思想的能力与自信。我想这大概也就是庆生兄散文的艺术魅力所在！

二〇二一年十二月

目 录

CONTENTS

芋芀斋集

HE NAI ZHAI JI

第一辑

远去列车

听风听雨又一年

辛卯秋，我们这些安徽劳动大学中文系 77 级的老同学在古铜都铜陵聚会。大家欢聚一堂，没有烦人的俗套，没有难耐的虚伪，积了几十年的话语，只图一吐为快。巫山阁后论风云，清茶一杯谈人生，平实细语话家常，笑颜执手叙友谊。真正是满室阳光，满堂笑语，满腔真情，满座春风。活动结束前，执行主持人要求各人回去后作文一篇，题目就定为"我们的三十年"，日后汇编成册，以志纪念。谁知归来后，因俗务缠身，时间一长，我竟把此事丢到了脑后。

翌年初春，某日午休，似睡非睡间，我忽然想起了"我们的三十年"这个文债，因而也就自然地无拘无束信马由缰地思考起来。

这个题目很好，相信每个老同学都会有话说的。而我认为，尤其是好在"三十年"这个时间点的词汇上。古云：三十年河东，三十年河西。这话虽然早在孩提时代就听说过了，但对于现在的我们来说，由于有了一个花甲的时间打底子，有了一个追求奋斗的阅历作铺垫，所以，在理解的深浅、认识的高低、感受的痛痒上与往日相比是绝对不可同日而语的。

三十年河东，三十年河西。这句老话还真是道出了一个真理。它的真理所在反映了一种客观的变化规律，即在一定的时间尺度内，人们随着活动时间的推移，在生存条件的转换、理想意识的推动等诸因素的合力作用下，于社会、于人生一些原有的东西必将每时每刻都在改变着，当这种无处不在的改变的积累达到一种化境，便产生所谓的巨大变化，这个巨大变化甚至是颠覆性的，甚至是面目全非的史所未见的沧海桑田。

对于翻篇了一个花甲子的我来说，除了越过两个三十年之外，我还多了一点余数，我想我更是应该有话好说的。

我的头一个三十年大致是从新中国成立之初至"文革"终结，1977年考上大学这一时间过程。期间，我是生于贫困，长于贫困，受过饥饿，挨过白眼，念书、插队、返城、工作，过的都是这个滨江小县城普通人家的平常小日子。在这万把个日日夜夜中，个人、家庭都有过一些变化，有渐变，也有突变，但那些变化，大都是伴随着社会性的整体变化而变化，是顺时而动。但这三十年，于国家于社会而言，许多不断的小变局，再加上汇聚了多少年来无数激烈的变局潜流，最终酿成突变，结成了十年"文革"这么一个恶果，最终使我在人生的第一个三十年看到了河东变河西的历史大变局。只是，这变化是逆变。从正常的逻辑推理上来说，那"躁动于母腹中的快要成熟了的一个婴儿"，在它以洪亮的嗓音呱呱坠地之后，在那样一个历史节点上不应该是逆变，而应该是顺变。但是，逆变毕竟发生了，这是事实。而且，其必然性又好像是与生俱来的，好像是早就安排好了的宿命。

我的第二个三十年，从自我角度看，除了麻姑山求学，毕业后分配基层，跑跑龙套，养家糊口，过过自己的小日子之外，毫无可圈可点之处。其间虽然也有变化，但那变化都是些微的，平缓的，自然的。但是，如果放宽眼界，把目光投向这一时间段从麻姑山上的学府走出来的那样一个群体时，甚至，如果把眼光投向这一时间段从全国各个山头学府走出来的 77 级那样一个个大群体时，我们会发现，这三十年的变化之大，确非河东转河西之变不能比拟。旧有"天运三变"之说。《史记·天官书》云："夫天运，三十岁一小变，百年中变，五百载大变，三大变一纪，三纪而大备。"我们的这三十年，绝非小变，也绝非中变，变化之大，许多人评说是千年未有之大变局，几乎是一个时代的切换。

77 级的这个三十年，基本上是与国家改革开放同步的三十年。在这样一个沧海横流大潮涌动的时代，应该说人人都不由分说地裹在其中被步步"跟进"。尽管有层面与级别、主动与被动、积极与消极之分，尽管有位置的高低、力量的轻重、作用的大小之别，但是，不管你愿意也好，不愿意也罢，我们实实在在都是置身其中了。当然，未必不可以说人人都是改革开放的受益者，区别仅仅在于受益的大小程度的不同而已。其实，这些也都很正常，人们似乎早就看清楚了，不论是大树或是小草，雨露均沾是永远不可能实现的诉求。

前些年，我时而出差省城，每当穿行在长江路上时，总是在不经意间回忆起入校之初与麻姑山上的同学们一道来省城为改变学习环境而上访的情景。忆当年，我们都是刚考进麻姑山下那个学府不久的新生，因学校当时的办学条件和设施太差，中文系 77 级的大部分同学，都自发地组织起来，打着旗帜到省政府去上访。我们在省政府门前静坐，推举代表反映情况，并提出迁校的诉求。期间，上访人员受到省委省政府有关领导亲切接待，大家还在一起进行了诚恳务实的对话，我们总的感觉是效果很好。记得那天上访结束，已是夜幕降临时分，又冷又饿的我们，没有立即找饭馆去吃饭，倒是先找了一家照相馆，扯着上访大旗，照了一张合影，作为纪念。这件事在我记忆中至今还是那么清晰，只是那张合影照片我一直也没有见到，不知被哪位仁兄保护性地雪藏起来了。

我曾由这个上访情节联想到麻姑山下那个大学的解体。1982 年早春，随着我们毕业离校的匆匆脚步，那个大学作为一所综合性高校就这样完成了它的历史使命，曲终人散，解体了。有人认为它的解体是上访的成果。是吗？后来我曾反思。我想，问题绝不是这么简单。当时的情形是，"文革"刚刚结束，高考制度也才刚刚恢复，整个社会正处在一个拨乱反正、百废待兴的历史拐点上，而作为一所综合性大学，这个大学的选址通过一二十年的办学实践证明是不妥的。所以，它的解体在客观上是上上下下、里里外外多方面的需要和诉求。并且，这种离开城市在山沟里办学的方式在"文革"后的新形势下显然已经过时，它的解体无形中已经成为早晚必行之趋势。这样来看，它的最终解体应该是诸多需方顺乎情势而动的合力作用，而上访只是促成它解体的多重因素之一，其作用充其量在于把这种解体趋势提到了决策者的议事日程。这样来解释，不知道是不是比较客观。

站在今天，回首当年，我们看到的是什么呢？是变化。是三十年河东转河西之大变化！其变化之盛况没必要从具体的个人的头衔、位置、财富等细部来历数，我觉得，最具象征意义的变化是，77级，那批从社会最基层的各行各业、农村田头、工厂车间、部队营房考入高校来的天之骄子（这是那个时代的社会赞誉），倍加珍惜这难得的学习机会，经过一番苦读深钻，当他们从各个山头各所院校走出来之后，早就由上访者的角色层层转变为上访客的接待者的角色，转变为各级国家机关、人民团体、企事业单位管理者的角色了。这才是一个历史性的也是一个必然性的变化。77级，这是中国社会在十年"文革"后这个历史的拐点处最先冒出的第一茬春笋。这批人确实是幸运儿，他们幸运地赶上了那个能让他们"冒头"的天候，幸运地在这一历史的拐点处，恰到好处地赶上了这个社会顺变的大潮，而且，更幸运的是，他们及时地被推到了这个历史巨变大潮的潮头，谁能说这不是时也?! 运也?! 命也?!

总之，77级，相对于身在其中的那一个个鲜活的生命个体而言，相对于一个庞大的生龙活虎般跃上历史舞台并带来强大的生命活力的社会群体来说，甚至相对于一个经过十年浩劫，迈开百废待兴第一步的国家来说，都有着一种非凡的意义。

如果真要细细考察一下这个变化是从哪一天开始的，我们不难看到，其实，变化就发生在我们过去生活的每一天。今天的大变是之前无数小变的积累，这个变化的历史长度不是瞬间膨化的结果，而是之前的每一天，以一分一秒为时间单位的微变叠加起来的量变总和。是的，个人的变化离不开社会的大背景，但个人变化的方向、幅度却是常常受到自己生活哲学的支配。在这三十年，国家在艰难的转型途中跋涉，大家都目睹了国人历史上许多前所未有之大变化。但是，当风起于青萍之末，这些变化刚刚初现端倪之时，作为社会的个体，每个人对时局变化的感应程度确实有快慢之分，强弱之别。

我就感到自己对这种历史性的变化确实是缺乏思想上的准备，或是说反应迟钝，或是说缺乏迎接变化之热情。所以，时至今日，还是事业无果，面目依旧。自幼以来，我就很喜欢文学。上了大学以后，我很想在与文学事业相关的单位找一个安身立命之所。在离校前发派遣证的那天晚上，我就知道我的这个愿望是不可能实现的了。所以，之后那几天小组同学的聚会，还有一些好友分手前的聚会，由于心情不好，我都没有参加。对于那张小小的派遣证，后来我想，这大概是命吧。而我，从小就已经习惯于逆来顺受，就是缺乏那种为改变命运，追求理想而奋力一搏的闯劲，这就真的是命了。

这些年来，那些反应敏捷、以变应变、勇立潮头试身手的弄潮儿真是叫人羡慕不已。天高任鸟飞、海阔凭鱼跃的这个世界，或许正是为他们所设计的。

我曾经信奉"以不变应万变"的哲学，现在看来，企图拿"以不变应万变"的老皇历应对早已翻开新的一页历史的人们，命中注定他们要成为时代的落伍者。

那种把"以不变应万变"仅仅作为一种生存权术谋略的，或许还是智者；而那种把"以不变应万变"当作一种竞争哲学的，肯定是傻瓜。所谓"以不变应万变"，其中的"不变"只能是"变"的代入选项之一，只能是"变"的"一种"韬略，而绝不能是呆板的消极的偷懒的代名词，其准确的表达应该还是"以变应变"。"以变应变"不仅需要有识，需要有谋，也需要有胆；不仅需要勇气，也需要智慧；不仅需要行动，还需要速度。在大变的风雨尚未到来之前，瞻前顾后，犹犹豫豫，前怕狼后怕虎，必然坐失良机。当然，这世上的许多事绝不是想明白了就一定能做到，就一定能做好，还要看你的德行，荀子就说过"荣辱之来，必象其德"。

是的，变的已经变了，没变的依然故我。发展的不平衡性才正是发展的正道。有时我也在想，在"依然故我"的东西中，会不会有许多是我们常常熟视无睹的而一旦失去后才觉得它是那么美好的东西呢？也许确实有。那么，这样思考问题是不是一种心态老化的反应？抑或是另一种抱守残缺？我如是考问自己。然而，我还是固执地认为：变的是这个世界，没变是自己。嗨，这个榆木脑袋的进化终究是跟不上时代的发展，奈何？

不管怎么说，这个三十年，是这批从麻姑山上高等学府里走出来我们的人生之花绽放的最璀璨的季节。对于同一"批次"的个体而言，除了许多年少者还在一线辛劳外，像我这样痴长了几岁的哥儿们，早年的梦想大多已经做得差不多了，黄粱饭熟了，人生的追求早已结成了生命之树的果子。剩下的光阴应该总要留一点给自己，好好地享受享受蓝天白云，青山绿水，空气阳光；享受享受天伦之乐，友爱之乐，自在之乐。还有，夜深人静时，我们也不妨品尝品尝这一路走来的风风雨雨、坎坎坷坷、酸甜苦辣，再在前人总结的人生感悟的经典家训中选几句我们体会最深的留给下一代。

当然，最最重要的是，我们要健健康康快快乐乐地走好下一个三十年，留一双好眼睛，看一看下一个三十年之世界，对大部分同窗来说，这应该不是神话吧。我为我的所有同窗祈福。

一百多年前，一位西方的哲人说过这样的话："有许多思想对于思考它们的人有价值；但是，其中只有少数有力量经过弹回或反射而发生作用，就是说把它们写下来之后有力量赢得读者的同感。"

我没有这个野心，但我有这个愿望。

据说，欧阳子方夜读书，闻有声自西南来者，悚然而听之，曰："异哉！"初淅沥以萧飒，忽奔腾而砰湃，如波涛夜惊，风雨骤至。其触于物也，鏦鏦铮铮，金铁皆鸣；又如赴敌之兵，衔枚疾走，不闻号令，但闻人马之行声。他问童子："此何声也？汝出视之。"童子曰："星月皎洁，明河在天，四无人声，声在树间。"哈哈，只见空空如也，唯有白驹过隙。再就是读书人的多愁善感，大惊小怪。这也许会给欧阳子平添些许无端的感慨，那就是：春夏秋冬过客路，听风听雨又一年。

2012 年 12 月

安徽劳动大学中文系77级一班同学毕业留影

（从左到右）
第一排　吴幸胜　项建华　周连华　张丹　孙继　卢斐　刘建平　郎涛
第二排　李明　夏一松　胡河宁　周仁强　都力飞　马方正　朱国安　潘家栋　李庆生
第三排　王守信　常建东　刘应甲　王玉文　李五生　王贵生　葛长流　胡星亮　蒋尚宇　童玉安
第四排　臧连明　吴玉林　肖钢　左声华　鲁德　施临场　蒋传华　王信　叶宗明　郑立国

注：程多伟病退；宋勤作转学；陈荣教考研

安徽劳动大学中文系77级二班同学毕业留影

（从左到右）

第一排　范秀萍　杨　果　周晓华　汪　蕾　杨晓珍　周佳鸣
第二排　徐国富　黄奇杰　朱文根　邹　磊　王存良　徐　明　王　义　李　健　金开屏　秦建平　刘怀忠
第三排　谷中发　孙玉华　马云华　蒋玉丰　李建础　赵自远　张　俊　齐　磊　张　勇　刘　杰　汪东恒　韦恒全
第四排　曾业松　叶　庆　谢庆普　郭灵斌　邢世发　任晓勇　胡良栋　何仁庆　王传运　卫爱麟　侯世标

芋芳斋集
YU NAI ZHAI JI

叶家湾 麻姑山

江南的三月，正是杂花生树群莺乱飞的时节，我和一群老校友回到了这块阔别二十多年来梦魂萦绕的土地——宣城的叶家湾，麻姑山。

这就是我们的母校安徽劳动大学的旧址。它坐落在叶家湾，背靠麻姑山。叶家湾，先前是江南的一个村落，如今也可算得上是一个小镇了吧，这个小镇子的发育并不怎样好，建筑无特色，而且有点杂乱无章。倒是不远处的麻姑山，横卧在一片浓淡杂糅的青翠之中，它云遮雾掩，真还有点仙山风骨。

由一时喧嚣化为漫漫沉寂，由红尘万丈归于平淡自然。是功？是过？是喜？是悲？从我一脚踏上叶家湾这片土地，问号就划入了脑际。

母校原先的大门，还是那个板桥形的模样，四根方柱

原载《安徽文学》2004年第10期。

顶着一架横梁。我最想看到的——其实，我也知道根本就不可能再看到的——郭沫若书写的"安徽劳动大学"的横额校牌，早被世事的风雨消磨得干干净净，杳无踪影，代之以一个茶场的招牌。记得那时的大门是一个独立的牌坊架式，门两边既没有围墙，也没有其他建筑。现在的大门呢，两侧都盖上了房子，很简陋，很随便，这后增的房子与原先的大门怎么看也觉得不那么融合，不那么协调。

安徽劳动大学究竟是如何发脉的，我一直没弄清楚。过去是没打算弄清楚，现在是无人能给我讲清楚。只是以前曾隐隐约约听说过，它在麻姑山的挂牌时间是在20世纪60年代初期，是步江西共产主义劳动大学的足迹而办的，经过二十来年的经营，在它的鼎盛期已成为拥有农、茶、数理、政治、中文等多种学科和一批知名教授以及数千名在校生的综合性大学了。它的发端我无缘赶上，它的终结，我和我的同窗们算是不幸，也算是有幸地亲历了。

1978年，刚度完正月新春，当我和我的那班从农村、从工厂、从军营走出来的年龄悬殊近乎两代人的同学们，怀抱多年的梦想，肩挑沉重的行李，走进这座神圣殿堂的大门时，真的没想到，这所大学会在我们的眼皮下终结。四年后，1982年初春，当我们揣着派遣证匆匆迈出这座大门奔赴天南地北时，这个作为一所大学的象征的大门，却是永远地沉重地关闭了。

这所综合性大学解体了。它分成了几支队伍，流向了不同的城市。从此，它告别了山野的艰苦，同时，它也告别了独特的自身。

就这样，大门成了一段历史，一段难以让人忘怀的历史。所有在这里工作过、学习过的人们，在他们情感的仓库中，总有一些橱柜箱笼用来盛放那段历史。

那段历史，就情感的色彩而言，不管是爱的暖色也好，怨的冷色也罢；就情感的动态而言，不管是绵绵的眷念也好，或是如不愿启封的锈锁也罢。不管怎么样，只要是在这座大门里生活过的人们，当他们在穿过厚重的时间帷幕的阻隔，当他们在填满有限的人生沧桑的履历之后，再来走近这大门，进而跨进这大门，怎能没有几缕思绪！怎能没有一番感慨！对历史的，对现实的，对人生的，对社会的，正所谓"南朝四百八十寺，多少楼台烟雨中"！

昔年的校园内，主要建筑都还存在。教学楼、宿舍楼、图书馆、食堂等等，红砖青瓦的主色调，与记忆中的没有一点差讹。但是现在，当我的手抚摸着这些实实在在的建筑物时，内心却感到了它越来越远的距离。是的，它是近的，却又是远的；它是熟悉的，却又是陌生的；它是目之所得，却又是心之所失。

这一刻，我更理解了陆游那有名的"沈园非复旧池台"的诗句。那其实是："池台"依旧，人事已非。与"物"紧连的"人"远了，与记忆紧连的生活远了，这才在诗人心中产生了"非复"之感。

不是吗？这教学楼，外观一点也没有变化，但是它已成了芜杭铁路复线工程指挥部；这食堂，大门也还是那样敞开着，但它已成了一家私营纸厂；这宿舍楼，还是那个门，还是那个窗，但它已成了农民的养鸡场，每个寝室都养了几百只雏鸡，一片唧唧之声破窗入耳。这真是：小鸡有幸住高楼，一边啄食一边歌。

宿舍楼东南两边的大门上还分别贴了两副春联，一副是：辞旧岁人财两旺，迎新春福禄齐临。另一副是：迎喜迎春迎富贵，接财接福接平安。地地道道是一派浓烈的农家气息，这是眼前之景。而曾经在这楼道里出出进进的那些学子呢，如今尽皆天各一方，甚至少有几个已经是阴阳相隔了。

睹物思人，真是使人不胜唏嘘。应该承认，感慨不是诗人的专利，愚钝如我，此刻确也生出了"此地非复旧劳大"之感。

重返叶家湾，最可看之处，恐怕要算是麻姑山水库了。这水库，当年是为办学而造的，可以说，它是学校的立命之基。水库周围的风景很美，在学校时，同学们就爱披着晚霞去那儿散步。如今，当你走过老食堂旁边新辟的茶园，顺着小径向北望山而行，老远就可以看到横卧在麻姑山脚下万绿丛中的那状如腰带的青灰色大坝。渐行渐近，及至坝下，仰面一看，坝体巍峨，顿生一种压抑之感。

沿着溢洪道漫步而上，一个甩弯，眼前豁然一亮，一片绿水铺陈在青山之间。因雨水欠丰，水位并不高，但水色很清，清得舒心，清得诱人。没有风，水面平滑如镜，群山倒映，如对镜梳妆。如果，这面镜子是个摄像探头，那么，它的内存中一定还储存着往昔那些学子们的身影。如何打开这些内存，那得靠各人自己。

我还想说，这面大镜子如果是个摄像探头，各人都能在它的内存中找到自己的历史。只要你亲临实地，用心去找。那么，作为一所在这青山脚下活跃了二十来年的大学——安徽劳动大学，它的校史如今又何在呢？

我没见过有，也没听说过有，然而它确实应该有，它也实在是没有理由没有。那么多的学子都是从这里走出去的啊。

也许，这部校史它散存在若干年后即将消逝的曾经在这里工作学习过的人们的记忆中；也许，这部校史它散存在无人问津的故纸堆中。今天，难道不是到了应该把它们聚拢起来，合成一部束之高阁、藏之名山、以供后人常翻常新的校史的时候了吗？这是一件盛事，也是一件善事，更是一件刻不容缓之事。它将为我国在新中国成立后发展高等教育方面的经验得失提供一个范例性的客观的总结，进而引导人们去剖析、去探索、去发现我国高等教育的某些发展规律。

欣逢盛世，我完全相信，这项工作一定是会有相关的机构、相关的热心肠的人来做的。

从大坝上下来，远方的上空传来了几声布谷鸟的鸣叫——"割麦插棵——割麦插棵——"，音质清脆，章律悠长。"割麦插棵——割麦插棵——"，布谷鸟的叫声，给这青山，给这绿树，给这沉寂的过往的校园，带来无尽的生机。

触景生情，这一声声清脆的布谷鸟叫声，竟也敲开了我思想上一扇窗户，从中忽地蹦出一首李白的诗来：蜀国曾闻子规鸟，宣城还见杜鹃花。一叫一回肠一断，三春三月忆三巴。

少时读这首诗，总觉得"一叫一回肠一断"不可信，难道听一声鸟鸣，阅一回花貌，竟至于叫诗人肝肠寸断？难道那是烂鱼肠子，就那么容易断？诗人的感情是不是太脆弱了？所以，我总是认为诗人在这里好像有些夸张，好像有些矫情，好像有些"为赋新词强说愁"的味道。但是，经过了如此一番几十年人生旅途的跋涉，如今，我与诗人的心是相通了。

故地久别，朝思暮想，愈是思之不得，就愈是挥之不去。这时候，如果能在客地遇到一二特征事物，大至一山一水，小至一草一木，即便是一簇山花，即便是一声鸟鸣，确实会叫人目遇之则警心，耳闻之则动容。

有此经历，就好解读"一叫一回肠一断"了。我现在理解了，这不是诗人的矫情，恰恰是诗人的一往情深。这种情感经验，有谁没在自己的生活中印证过一二呢？我就在重返麻姑山的感情历程中与诗人产生了强烈的共鸣。

往日喧嚣一时的麻姑山如今化为漫漫沉寂，回归于一种自然状态。是功？是过？是悲？是喜？我觉得，好像没有必要拿这些感情色彩浓厚、是非指向极端的词汇来评价劳动大学在麻姑山的消失，"存在即是合理"，大概是最好的诠释。

只是，那些大楼用来养鸡，许多房屋还在闲置，总觉得怪可惜的。真的，太可惜了！应该看到，改革开放二十多年来，整个社会发生的巨大变化，这里的生存环境如果和我们在校时相比，应该说是不可同日而语的，更何况这里有那么大的活动面积和生存空间，有那么多形成规模的功能多样、布局匀称的房产，还有那么多的生产、生活配套设施，难道就没有人能把它们更好地利用起来吗？这些资产就不能像当初一样捆绑在一起产生出更大的效益吗？

大凡从麻姑山下走出来的人，大凡对麻姑山的历史感兴趣的人，谁不期待着你更美好、更辉煌的明天——哦，我们的叶家湾，我们的麻姑山。

2004 年 5 月

回望麻姑山

那儿有青山，有绿水；那儿有松树，有茅草；那儿雨后的蓝天是最开阔的，那儿夏季的雷声是最动魄的；那儿拥挤的饭堂一日三餐吵吵嚷嚷，那儿露天银幕上的雨雪常常飘洒到观众的脸上。哦，麻姑山，那是我们人生的一个小站，我们从东南西北挤上同一列火车，在这个小站一驻就是四年。

毕业喽，下车喽，我们走出站台喽。频频回首，把眷念托付给白云，永远陪伴着那山、那水、那树、那草，还有那一幢幢空楼，还有那山民憨厚的笑脸……

一年一年，一站一站。上上下下，懵懵懂懂，忙忙碌碌，急急匆匆，追过了太阳赶月亮，赶过了月亮追太阳，脚下风火轮日夜兼程，疯也似的在朝着某个似乎是前生就认定的目的地疾驰。行进途中走到一起的是缘分，没缘分的最多是擦肩而过。前方没有线路图，上了路却头头是道，那是你的生命线中早就有了刻好的轨迹；而处心积虑设计好了的线路图，跑起来根本不在线上，那是因为你的生命线里原本就没有这个轨迹。

漫漫长路，步履如风；沟沟坎坎，磕磕碰碰；阴晴不定，风云难测；酸甜苦辣，悲喜跌宕。有人说，这人生的路，要紧的就那么几步。信哉！对这要紧的几步，我有告诫自己，要保持这样的心态：如履薄冰，如临深渊。得意时，莫失清醒；失意时，豁达为上。真能做得到吗？在这赶风赶雨的路上。

麻姑山上的先生在文学课上谈及爱情观时曾言：失恋算什么，世界大得很，路宽得很，人多得很。

过来人说，高处不胜寒。所以，天宫亦即是广寒宫。人往高处走，就得时时有个准备，不如意处十有八九。为此，我曾据先生之言戏作打油诗一首：常记先生金玉言，失意权作失恋看，所思美人不可得，有腿总有裤子穿。

我常提醒自己，不要说看透了什么什么。说是看透，其实，正是没有看透的别一样表述。而没有看透才正是一种真正的看透呢。云遮雾罩的下面是什么？你看不清楚。等到云过了雨过了，一切自然清楚了，定数早就摆在那里，人的因素加进去，不同的似乎只是路径。苏子云：庐山烟雨浙江潮，未至千般恨不消。到得还来别无事，庐山烟雨浙江潮。还没看清楚吗？山，还是那山；水，还是那水。

不过，凡夫俗子就是凡夫俗子。我这个凡夫俗子总觉得，多干一点事确实能让人充实，就为了这份充实，我们也应该去追着事去做，哪怕是希腊神话中那个推滚石上山的西西弗斯。

在古希腊神话中，有一个很有意思的传说，那就是关于西西弗斯的故事。传说中的西西弗斯因为犯了错，被神贬下人间，做推滚石上山的工作。当他把巨石推上山顶以后，巨石又自然地回落到山下的原处。他又接着将巨石往山上推，不停地推，据说这是神给他的惩罚。

我们完全可以把西西弗斯看成是一个个体，也可以把它看成是一个集体、团体甚至国家，实际上它预示的是整个人类社会。

关于人生的意义，一直以来人们都在探讨，近些年来，一些名人，甚至是很有名气的人都在说，人生没有意义。其实，人生是有意义的，意义何在？我们可以从西西弗斯身上找到答案。

他在推滚石上山的路上，他每前进一步，也就预示着社会向前迈了一步，在这过程中，推滚石是他的全部社会责任，不推，他就失去了生命的全部意义。如果有人说他最后还不是无功而返吗？不然。他把巨石从山下推到山顶是一个过程，漫长的历史过程，人类发展到今天，我们都不知道，西西弗斯把滚石山顶山下推过了几个来回，更不知道他把滚石还有没有推到半山腰。所以我们说，西西弗斯的推，正是他人生的全部意义。如果有一天，滚石躺在那儿一动也不动了，那就说明西西弗斯已经升入天国了。

世人啊，人生在世，不管你愿意不愿意，承认不承认，我们都是一个巨大滚石的推动者。只是，我们不知道，上帝是不是领着我们做游戏呢。

屋外的雨淅淅沥沥，晚年在家门口听雨确实和早年在麻姑山听雨不一样。不由得你不忆起了南宋蒋捷的《虞美人》：少年听雨歌楼上，红烛昏罗帐。壮年听雨客舟中，江阔云低，断雁叫西风。而今听雨僧庐下，鬓已星星矣……

蒋先生的一阕"听雨"，果真是听出了千古芸芸众生的人生之真谛，剥尽了千古芸芸众生的人生浮华之笋衣。那滴滴答答的雨声中，滤出来的既是漫漫的人生历程，更是茫茫的心路历程。

可怜的蒋先生大概不知道，他那饱经人世间艰辛的一生，也和我们一样，是个推动滚石上山的苦力角色。

回望麻姑山，青山不改旧时颜。尽管夕阳已经衔住了山尖，如今的我们也许也应该明白了。夕阳翻过山头，就是另一片崭新的朝阳了。既然如此，夸父追日的精神就不能丢，夸父追日的劲头更不能减啊。

2022 年 6 月

第二辑

未来记忆

老　表

　　我的父系和母系的根都深扎在农村，毫无疑问，我的
老表也都是农村人。

　　我妈妈的家住在长江边的圩心里，全家以务农为生。
家里的兄弟姐妹有六个。妈妈在家排行老四，上面有三个
哥哥，下面有一个弟弟，一个妹妹。这几个兄弟姐妹，在
方圆一带有点小名气的是二舅。如果拿他和那些一个大字
都不识的农民相比，那他是多喝了两年墨水。他虽只粗通
文墨，可他不仅通情达理，能言善辩，还会把算盘打得的
溜溜转。20 世纪 50 年代办高级社的时候，他还干了一段时
间的会计。大舅生来就是个老实巴交的主，是一个永远带
着耳朵去听会的角色。三舅有一门裁缝手艺，正所谓荒年
饿不死手艺人，他既做手艺又种田，后来还涉及生意场，
他的笑脸中夹带着满满的精明能干。小舅是个忠厚老实的
模样，大办钢铁那年被招到马钢当工人的，正宗的工人
阶级。

　　很久以前，我还只有十几岁的时候，就听二舅说过这样一句话："乡下人要懂三分理，城里人饿死一大半。"不知怎的，几十年过去，这话我竟过耳不忘了，我甚至把它当成是二舅的一句名言。其实吧，也无须谁站出来理论理论，谁听到耳朵里，都知道这话是不对的，也是站不住脚的。可二舅为什么那样把城里人和乡下人的高下分得那么清楚，而且言之凿凿呢？是看不起乡下人吗？绝不是，他自己也是一个乡下的农民，我想，他一定是有自己的道理。这句言辞犀利毫不含糊的话，几十年来，我没有在任何地方听任何人讲过，除了二舅。所以我说这是二舅的一句名言。在这个家庭的兄弟姐妹六人中，第一个将身份由乡下人转变为城里人的是妈妈。她嫁到了城里，成了城里人。其次是小舅，后面有三舅、二舅。二舅三舅在帮助孩子创业的过程中相继过世。他们的后人，也就是四个舅舅、一个老姨家的好几个小老表，一部分陆续进了城，一部分仍然留在乡下。

　　在社会城镇化的推进过程中，父系那边的亲戚在某一天早晨一觉醒来，大家也都从乡下人变成了城里人。这些姑老表姨老表和他们的家人们，从乡下人变成城里人之后又怎么样了呢？可以说，他们都逐步地先后融合到一幢幢崭新的大楼中来了。这些老表和他们的乡里乡亲们，他们中的一部分是人虽然融进了城中的高楼，可是底色没变，心还散荡在乡村田野。最先融入城里的几个小老表，好像特能适应新的环境，如鱼得水。他们中的一部分人还有这样一个特点，没读过书的比读过书干得好，书读得少的比书读得多的能挣钱。这大概是这个特殊年代的产物，因为在这个千年未有之大变局到来的时候，整个社会也没有做好所有的应变准备，社会结构的调整需要一个时间的过程。

这几年，我在没事的时候，把我的父系母系两头的老表们排了一下，大概有三个老表可以用出类拔萃来形容，也可以用大款来指代。这仨老表的出身分别是泥瓦匠、木匠、商人。有道是成功的机遇往往留给那些有准备的人们，而这几个老表的成功恰恰是机遇撞到了他们的出身行业。他们原来准备成家立业、养家糊口而学的一门手艺，没想到日后成了他们在行业里大显身手大展宏图的不可替代的本事。在这个千年未有之大变局的年代，城镇化建设处处急不可待地需要相关的能工巧匠、能人干将和精明的管理者，需要有几分眼光，有几分的预见性，而又精于算计，出入灵活的人才。这个机遇恰给仨老表赶上了，真正是千载难逢。

千载难逢，这还真不是夸大其词。在我们之前的先人们，且不说多少代之前的，仅举最靠近的一个前辈为例，那就是我的二叔。他各样农活都精明就不提了，因为他本来就是个农民。可他一身的旁通本领就不是普通农民人人能够兼而有之的了。他的算盘打得很好，干过队里的会计。他精于瓦工的活计，不是简单地砌墙上瓦，而是能起房盖楼。特别是他的手工活精致独到，享誉一方。他雕刻的挂千比街上卖的还精细、漂亮，他还会扎灵，虽说那是个迷信玩意儿，可他真的能扎什么像什么，可谓是个大能人。能，那又能怎样呢？除了改善一点生活，还不是穷困潦倒一生。多少年来，精明能干的人谁数得清，但他们生不逢时，没有施展才能的机会和平台，最后还不都是埋没丘壑随荒草。而今，仨老表真正是赶上了一个千载难逢的好机遇。

他们的工程做得风生水起，越干越大，活计越干越多。他们发达了。新房一套接一套地买，新车一辆接一辆地换。喝酒，茅台五粮液；抽烟，钓鱼台黄金叶。他们成了其他老表们的羡慕对象，成了从各个村庄走出来的同行者们的标杆。只是，他们还不知道，由乡下人变成城里人，由小伙计变成大老板，远不只是单纯的环境的变化，随之而来的变化多着呐，包括文化的、道德的、生活习惯的、婚姻家庭的、朋友圈等等。如果没有清醒的头脑，缺乏自我约束力，缺乏应有的警惕性，说不定前面就有地雷、陷阱、蛇蝎在等着炸你、害你、咬你，你可能还浑然不知。

事实上，他们很快也都程度不同地遇上了这些麻烦。只不过，仨老表中有两人觉悟得早，处理得也很及时、得当、智慧，这才没有掉入深渊，遭到大的劫难。而另一个小老表就没有那么好的运气了，他把外面的祸害带到了家里，夫妻俩同室操戈，拔刀相向，最后落得的下场是：在那场血光之灾中，小老表命丧黄泉，表弟媳身陷囹圄，真正落得个家破人亡了。

所幸舅舅们没看到这惨烈的一幕，他们要是知道了这个情况，还不知道怎样痛心疾首呢。我又想起二舅说过的那句名言："乡下人要懂三分理，城里人饿死一大半。"这时，我好像对这句话有了更深的一些理解，那就是：没有文化、没有知识、思想愚昧的人，也包括那些自认为有知识、有文化、精明灵活而其实愚昧无知的人，无论你在什么时候什么地方，都必须懂理，讲理，明白事理，决不能悖理行事。这个"理"是天理法则，也就是天理难容的那个天理。我想，它的内容应该包括大致这样一些方面：法律与道德、善与恶，美与丑，真与假、忠与奸、顺与逆等等。只有这样，我们的社会才能和谐。二舅的在天之灵，不知首肯否？

逢年过节，老表们也难得在一起聚一聚。记得有一次聚会时，有个小老表给我敬酒，他端起酒杯一本正经地说："你们过去的那一套已经过时了，现在的社会什么都变了，你不跟着变，你就被淘汰。"他的话引起了我很长一段时间的思考。我知道，只读过两三年书的小老表能说出这番话来，说明他很有进步了，他已经学会思考问题了，但是，他说得对吗？是的，现在的社会变化是很多，很大，很快，有时候甚至是很剧烈的，但是，有多少人深度留心过这些变化的功与过、对与错呢？其实，有一些东西恐怕是永远也不会过时，也不能过时，更是不能改变的。如善良、良心、良知等等这样一些人性美的东西，如果那么轻易地就把它们给扭曲了，撕裂了，毁灭了，那么，社会就要出大问题。作为社会的一分子，你走到这条道上去，那就很危险啰。

我的老表们大都是些极其精明的人，他们在发家致富的路上已经抓住了机遇，已经迈开了脚步，他们是不会止步不前的。要想少走弯路，把持好现有的基业并把它做大做强，他们清楚地知道，如今的关键是调整好心态，戒骄戒奢，戒急戒狂，保持本色，加强修养，弥补不足，以利再战。如果要想叫小字辈子承父业，还有一点他们更应该清楚，他们这一辈所走过的路已经翻篇了，绝对不可复制，现在唯一能做的，就是永葆草根本色，靠子孙老老实实勤勤恳恳从读书开始，从学做人开始。

小　满

　　外孙李正用，5月21日出生，当天是农历二十四节气的小满，所以我给他取的乳名叫小满。小满落地，眨眼五岁。聪颖机灵，性格善良，且有一点正义感，还有一点爱打抱不平的天性。日常虽调皮捣蛋，却很是讨人喜欢。而今，要给孩子留下成长的记忆，摄影摄像手段多多，但总感到不足以传神，故此借助些许文字，为五岁的小满立此存照。

"他是皇上！"

　　小满两岁时，他的小姨和姨夫从天津到和县来带他玩过。姨夫喜欢小满，小满也喜欢姨夫。姨夫带来的遥控电动车玩具，逗得小满在外婆家院子里来回跑个不停。打那以后，彼此就难得见面了，但在电话上还是经常联系的。只要是姨夫来的电话，他一听声音，立马就能分辨出来。

前些日子，小满在外婆家玩，他打开抽屉乱翻一通，翻来翻去，一本相册被他弄到手里。这是他的小姨和姨夫结婚时在照相馆拍的一本影集。他煞有其事地"欣赏"起来，一边指指画画，一边高声叫喊："这是小姨。""这是姨夫。"

相册又被他翻到了新的一页，这时，他忽然不吱声了。外婆走过去一看，原来这是一张小两口的戏妆照，戏妆人物让小满作难了。外婆指着那身着状元服头戴状元帽的戏妆姨夫问小满道："这个人是谁？"

小满好像胸有成竹，响亮地回答："他是皇上！"

满屋子的人听了先是一怔，继而一个个捧腹大笑。此乃影视之功也。

创可贴

星期天上午，小满没有上幼儿园。爸爸妈妈都到单位加班去了，家里只有他和奶奶两人。奶奶在厨房做菜，小满在客厅里玩耍。厨房里，奶奶在用菜刀切菜时，一不小心，把手给切破了，顿时血流如注。奶奶准备到房间去，找一张创可贴把伤口给包了。走到客厅，她对孙子说："小满，奶奶的手给刀切破了。"

小满一听，马上跑了过来，说："怎搞的？让我看看！让我看看！"

他掰开了奶奶的手："哟，淌血了嘛！痛吧？"

奶奶笑着说："不痛不痛，找张创可贴把它贴上就好了。"

"好！"小满朝大门口走去，奶奶向房里走去。

奶奶贴好创可贴出来，客厅里不见了小满。

"小满，小满。"奶奶到处找，哪里还有小满的踪影？只见大门敞开着，显然，小满是出去了。奶奶出于一份担心，菜也不做了，把门锁上，就下楼找孙子去了。

小满到哪儿去了呢？原来，他看到奶奶的手破了需要创可贴，立即开门下楼，一个奔子跑到临街的他常去玩的王大伯家的商店，气喘吁吁地说："王大伯，不得了了，我奶的手给刀杀破了，淌了一大堆血，你家咯有创可贴？"

王大伯看着小满那副急匆匆的模样，疼爱地摸了摸他的小脑袋，笑着说："有，有。"他从货架上撕下几张创可贴，递到小满手里，说："快给你奶奶拿去吧。"小满接过创可贴就往家跑。

祖孙俩在路上相遇了。小满远远地看见奶奶走来，忙举着创可贴边跑边喊："奶奶，创可贴！创可贴！"跑到跟前，奶奶看着孙子满头大汗，小脸跑得红扑扑的，小手高高地举着几张创可贴。奶奶一下子被感动得泪水涌上眼眶，疼爱地一把将孙子抱了起来，连声说："没白养！没白养！"

举手之后

　　小满刚上幼儿园不久，有一天，外婆送他去上学，老师留家长们在学校听课。课堂上，那些生龙活虎的孩子们，倒也都规规矩矩地坐在那儿听课。老师提问发言的时候，场面很是活跃，孩子们一个个把手举得老高，争着抢着发言。外婆看到，小满总是把手举得最高，举了好几次手，都没有喊到他回答问题。他不气馁，把手举得更高，甚至还站起来举手了。谢天谢地，老师终于喊到他了，他三步两步跑到了讲台前。

　　老师提问："李正用，你来回答：豆荚是靠什么来传播种子的？"

　　"这个……这个……"小满的脸涨得通红，小嘴虽然还在笑着，但有一点不自然了。

　　"太阳……太阳……"台下的一个小朋友把答案传递了出来。

　　"靠太阳！"小满显然是接收到了这一信息，快速地做了回答。

　　"对！"老师笑着说。接着，老师又提出了另一个问题："你还知道蒲公英是靠什么来传播种子的吗？"

　　"这个……这个……"小满的脸又涨红了。

　　"风……风……"不知哪个小朋友又在轻声传递答

案了。

　　"靠风!"小满总算过关了。

　　老师新一轮的提问开始了，小满又是把手举得老高老高……

　　这回，真是把外婆乐得笑弯了腰。

2010 年 10 月

北京的俩外孙

二丫头到北方读了几年书，把根扎在了北京。十多年过去，她已经成了两个孩子的妈妈。说起我这两个外孙，还真有趣。

俩外孙一男一女。大外孙叫天和；小外孙女叫灵韵。父亲的家在天津，母亲是安徽和县人。大外孙落地时，他们要我这个外公给孩子起名，我就从这父母两个地名中各取第一个字组成了他的名字。另外，取名"和"字还有另外一层意思。"和"是中国文化当中一个很重要的内容，过去有"家和万事兴""和为贵""和能生财"等老话，我更希望这个孩子能与生俱来地记住这个"和"字，让这个字给他带来福祉，带来吉祥。

那年春节前，天和与他爸爸妈妈一道从北京到安徽和县的外婆家来过年。三十晚上，早早地吃过年饭后，他和表哥小满追着赶着笑着闹着跑到院子里放烟花去了。"哥哥，哥哥，过年啦，我真幸福。"到底是从大都市来的孩子，出口就有点不凡。天和的话把在场的的大人们都引得哈哈大笑。大姨笑着问他："哎，天和，什么是幸福呀？""快活呗，快活得不得了呗。我说了你也不懂。"他的这句话更是把大家逗得大笑不止。

也不知什么原因，天和从小就特别喜爱小汽车。站在北京街头，身边穿梭而过的小汽车，什么车型什么牌子的他都认识。凡是从他眼前跑过去的小汽车，他都过目不忘。并能准确无讹地报出小汽车的牌子和型号。真是神了。在商场，每每见到不同的汽车模型，他都挪不开脚步，仔细端详。他带有收集性地购买了许多汽车模型放在床上，各种式样、什么型号的都有，最后弄得满床都是，大概有二百余辆。他常常在睡觉前问他的妈妈："我想抱着宝马车睡觉，可以吗？"

这孩子兴趣很广。天和的父亲喜欢体育运动，喜欢篮球足球，还经常参加市里的马拉松赛跑，所以孩子从小养成爱体育的习惯。每逢节假日，他都要和父亲到户外去活动，有时候去篮球场打篮球，有时候去爬野长城，往往一天下来，总要跑二十多里路。他从小还很喜欢踢足球。他的足球踢得很好，人缘也好，小学时曾参加了校足球队，也曾被推举为校足球队队长，并经常和老师一起，组织校队参加市级或区级小学足球比赛。赛场上，他是后卫，他流的汗水比别人多。每次比赛都打得十分辛苦。比赛归来，他都会对当天的赛况进行点评，对自己和队员的表现做一些总结。经过一次次实战，孩子的临场发挥能力、随机应变能力、组织队员能力都有了很大提升。

天和的另一个过人之处就是对音乐节奏把握很准，尤其令人惊叹他对于歌曲前奏都能准确哼出来。大概两三岁的时候，他的妈妈发现，这个孩子竟然能哼出《加州旅馆》的前奏。尽管《加州旅馆》前奏特别长，他总是能把握得很好。四五岁的时候，他能把2018年足球世界杯赛的几首主题曲从头唱到尾，他还边唱边跳，很有激情。

天和小小年纪，爱憎还是很分明的。一次，他爸爸带回来一个小美女蛇玩偶，他很喜欢。妈妈说："这是葫芦兄弟里面的蛇妖精，咱们不跟她玩。"他立即反驳："她是好人，她是《法海不懂爱》里面的白娘子，我喜欢和她一起玩。"

天和一直都喜欢学习，成绩一直也还挺不错的，特别是数学和英语，每次考试都很优秀，经常被评为校级三好学生。小学毕业前夕，还被评为市级三好学生。去年他大步跨进了初中，新的也是艰苦的学习路程正等待他去跋涉。

我的小外孙女灵韵是2019年冬天出生的，是国家生育政策放宽后，才领到了来这个世界的通行证。由于疫情的原因，她来到这个世界两年了，还没有到过外婆家，尽管我们经常在手机的视频上见面。在她不知道镜头对准她的情况下，她唱，她跳，她抱枕头，爬沙发，玩的是那么开心，那么自在。可当她面对着视频里满头白发满脸皱纹的外公外婆时，这孩子马上变得不知怎么办才好，带着几分羞涩。显得那么腼腆，那么局促不安。上次视频的时候，她一手捏着裙子的衣角，左顾右盼，显得很不好意思。那模样儿，太可爱了。不过，我的心里还是泛起了一丝凉意，凉意是从距离的缝隙吹来的。是的，我们之间已经有了感情的距离。它表现在无可奈何的时空距离上，缺少和孩子在感情上的交流和互动。这是我们老家伙的责任，孩子永远是纯洁的，天真可爱的。真希望在今后的日子里能有一点力量作出些许弥补。

2021 年 10 月

短笺三叶

有落差，才有壮美

见过瀑布吗？国内的壶口瀑布、黄果树瀑布、庐山瀑布，国外的维多利亚瀑布、尼亚加拉瀑布，等等。那些大的小的、知名的或是不知名的瀑布，相信谁都会多多少少见过一些。

瀑布是壮美的。诗人赞美三叠泉瀑布云："上级如飘云拖链，中级如碎玉摧冰，下级如龙走深潭。"赞美壶口瀑布云："九州飞溅瑶池液，一醉炎黄万古春。"大诗人李白的《望庐山瀑布》更是瀑布赞美诗的绝响："飞流直下三千尺，疑是银河落九天。"

古往今来，谁都不会否认瀑布的美。

瀑布的美是一种什么样的美呢？是一种壮美。是一种惊心动魄的壮美。

壮在何处？壮在河流经过险峰峡谷时产生的上下落差。

美在何处？美在上下落差所构成的那种天造地设的和谐。

没有落差，就没有瀑布；没有那种上下落差所构成的和谐，也就不会有那种惊心动魄的壮美。

落差的上下律动构成美。自然界的景观是如此，社会的构成、人生的起落又何尝不是如此。这些会给我们带来怎样的启迪呢？

无梦到徽州

每次踏上徽州的土地，我都会在心灵上产生一种莫名的冲动。

是为那云雾缭绕的铺满苍松翠竹奇花异草的美妙峰峦？

是为那横卧在清凌凌的溪水之上的砖石剥落写满岁月沧桑的拱桥？

是为那散发着重重潮湿且掺和着一缕缕霉味儿的高墙相夹的窄窄的深深的小巷？

是为那耸立在田野上、街市中、村道口、蓝天下的精美牌坊？

也许都是，也许又都不是。

山岚云雾，巉岩怪石，小桥流水，天井深巷，祠堂牌坊，木刻砖雕，匾额楹联……所有这些，在我们辽阔的国土上，哪里看不到？为什么都要赶到皖南的徽州来看，有的甚至再三再四地来，还是那么百看不厌，恋恋不舍？

说到底，实质是文化的魅力。

中国数千年的文化积淀在这曾是"不知有汉，无论魏晋"的桃花源里得到了集中的投射。有形的，无形的；物质的，精神的；审美的，批判的。

在这里，你不仅能享受到自然界的和谐，更能历史地体验人与自然、人与社会、社会与自然的和谐。

"桃花源里可耕田？"一位哲人的诗意天问把我们带入了一个超越历史时空的隧道。

在西递，在宏村，你尽可以发思古之幽情，你也尽可以丈量历史前进的步伐，你还尽可以放开胆量放大嗓门与先前的大官巨贾去对话。

稍为留意一下，你就会发现，那些古民居院落中沿着墙角堆起的厚厚的青苔，远远没有那些民居自身的建筑理念和雕刻在门额上悬挂于厅堂中的字画所传递出来的思想文化久远。不夸张地说，这确实是一个中国传统的人文思想的展览馆，这也确实是一块保存完好的农耕社会晚期区域经济、社会理念、文化艺术、生存状态、人伦秩序的活化石。最重要的是，那些人文思想的精华部分，还在一代一代地传承着。

前一段时间，有机会参加了一个为地震灾区孩子的捐书活动，我在书的扉页上曾写下这样两句话：经得起任何强震的是思想，永不断灭的传承是文化。

这话，在戊子年夏日的徽州之行中好像又得到了一次难忘的印证。

开门微笑

打开 2012 的大门，微笑的太阳，红晕满脸，霞光万道
面对窗口停下的披着新年第一缕阳光的车辆
恭贺新禧！兄弟司乘，我从心底向你献上微笑的祝福
好运连年！司乘姐妹，我从心底向你献上祝福的微笑

开门微笑，在微笑中开始快快乐乐的新的一天
开门微笑，在微笑中跨入紧张繁忙的新的一年

微笑是人际间交往的润滑剂
微笑是朋友间牵手的前奏曲
微笑能打破陌生，化解紧张
微笑能消除隔阂，消化矛盾
微笑能避免冲突，预防失和
微笑能调整情绪，调节气氛

微笑能融化冷冷的冰山

发表于 2012 年第一期《安徽高速》。

微笑能排解山样的压力

微笑能驱散满天的阴霾

微笑能点燃火样的情怀

微笑不是偶尔一现的昙花

它开在时时刻刻，香在朝朝夕夕

微笑是恣肆潇洒的绿叶

它绿在春夏秋冬，贵在四季常青

微笑是天上的月亮，越亮越柔，越圆越美

微笑是人间的天籁，自然之趣，天然浑成

微笑不是商场的牙膏

结结巴巴，硬挤出来的不是微笑

微笑是大山深处的清泉

叮叮咚咚，自然涌出的才醇美甘甜

让我们用微笑送走昨天的晚霞

让我们用微笑把明天的朝阳迎接

事业的发展从微笑起步

人生的辉煌从微笑启航

开门微笑，天上温暖人心的太阳是地上灿烂的微笑

开门微笑，地上灿烂的微笑是天上温暖人心的太阳

端午杂忆

两年前，我办理了退休手续，心想应该好好地享受一下美好的夕阳了。殊不知，不过两个寒暑，壬辰年竟摊上一场大病，住进了南京的医院。

做完手术，等待拆线。那天，我躺在病床上，两眼望着天花板，除了感慨人生的无常外，头脑只是一片空白。忽然，同室病友亲属的一句话飘进了我的耳朵：还有两天就是端午节了。我的心微微一动，思绪被调动起来了，头脑就顺着端午节这三个字，想到了过节吃的粽子、咸鸭蛋、苋菜，特别是想到了划龙船，想到了儿时的伙伴。

小时候，我最爱过端午节。我的家乡和县是一个滨江小城，江岸线有一百多里长。和县的地理形势就是东南滨江，西北环山，和县的南乡，有多条通江的河流，河网密布，水域面积大，这些河流都为端午节划龙船提供了很好的场地。以前，和城的人每年端午都要跑到南门外的横江桥上去看划龙船。二十世纪六十年代初，我和家门口的几个小伙伴总爱在端午节那天跑到横江桥去赶热闹。河两岸，人头攒动；河中心，龙舟竞渡。那场面实在是太热闹了。这就是端午节，看划龙船的往河边跑，戏迷们则是往剧场跑，看《白蛇传》去。《白蛇传》是端午节的保留剧目。白娘子与许仙美好的爱情故事一直是众生的一个永不疲倦的视点。到了六十年代中期，"文革"开始，划龙船被扫四旧扫掉了，《白蛇传》更是与牛鬼蛇神一起被灭掉了。十年浩劫直至其后相当长的一段时间，别说看划龙船，就是听也没有听说过了，划龙船好像是很遥远的事了。这些东西解放也都是十一届三中全会以后的事了。大约在八十年代后期的一个端午节，听说南乡的雍家镇在搞划龙船，我便约了一个同事专程数十里路赶过去看了，很过瘾。几年后，又专程去白桥看了一回划龙船。这之后，再也没有这个眼福了。虽说我后来没机会去看划龙船了，但我一直在关心南乡龙船的信息。有人告诉我，沈巷的龙船早就划到外省去了（指龙舟竞赛）。我听了很高兴，不由得不为我们南乡的划船健儿们叫好。后来读书，读到唐代一位诗人描写龙舟竞渡的诗，我觉得这位诗人把龙舟竞渡的场面写得特别好，依稀记得诗中有几句很精彩：鼓声三下红旗开，两龙跃出浮水来。棹影斡波飞万剑，鼓声劈浪鸣千雷。真的给人以出神入化身临其境的感觉。

　　龙舟竞渡活动究竟起源于何时，我不晓得。只知道有众多资料说端午龙舟竞渡活动是对爱国主义诗人屈原投江的纪念。据传那一年端午节的这一天，流放到汨罗江边的屈原在得知楚国都城沦陷后，遂投江殉国。后来的人们为纪念这位伟大的爱国主义诗人，就在过端午节这天划龙船、吃粽子、挂艾叶、插菖蒲等，并在全国形成习俗，世代相传。在屈原投江当地，有一首龙舟号子是这样唱的："杉木船子溜溜尖，我和你来划龙船。龙舟划向前，河里捞屈原。三闾大夫是屈原，粽子撒向深水渊。投江在今天，捞了两千年。"

其实，根据闻一多先生的考证，他认为端午节起始于远古吴越民族祭祀图腾，即龙的活动日。这就说明端午节的最初由来与屈原并无直接关系，后来产生的这种联系主要体现了民众的心理期待和节日丰富的文化内涵的结合，并使其精神得以充分体现。所谓"洞庭三千入东海，龙舟之源在岳阳"的说法大概也是这样来的。

其实，划龙船这事，我想，有十个字就可以概括它的前世今生了，那就是：野性的文明，文明的野性。

划龙船，这种大型的水上竞赛活动，从它的整个竞赛过程看，是如此的粗犷豪放，如此的恣肆张扬，如此的激情澎湃，它用一个统一的意念，把一人一桨的划手、掌握方向的舵手、控制节奏的锣鼓手、摇旗吹哨的指挥手，紧紧地凝聚成一个整体，借助着龙舟这个承载工具，驰骋厮杀在滚滚碧波之上。这在人类的文明史上，它应该是直接脱胎于一种野性的文明。以至于龙舟竞渡这种野性的文明延续发展到了今天，甚至风靡全世界了，也还是掩饰不住它那种文明的野性。

此时，我的思绪有如天上的流云，飘忽不定。我甚至想在吊水的状态下作一首诗来应时。苦思冥想了大半天时间，一首题为《端午道情》的应景诗总算是拉扯出来了，七言八句，纯属忆旧之作。诗曰：

> 粽叶青青艾叶香，
> 蜀葵一丈着红妆。
> 锣鼓号子碧波碎，
> 龙舟赛场入梦狂。
> 犹喜三五儿时伴，
> 白条蹿浪戏水忙。
> 感恩仲夏多时蔬，
> 四红四绿过端阳。

2012 年 10 月

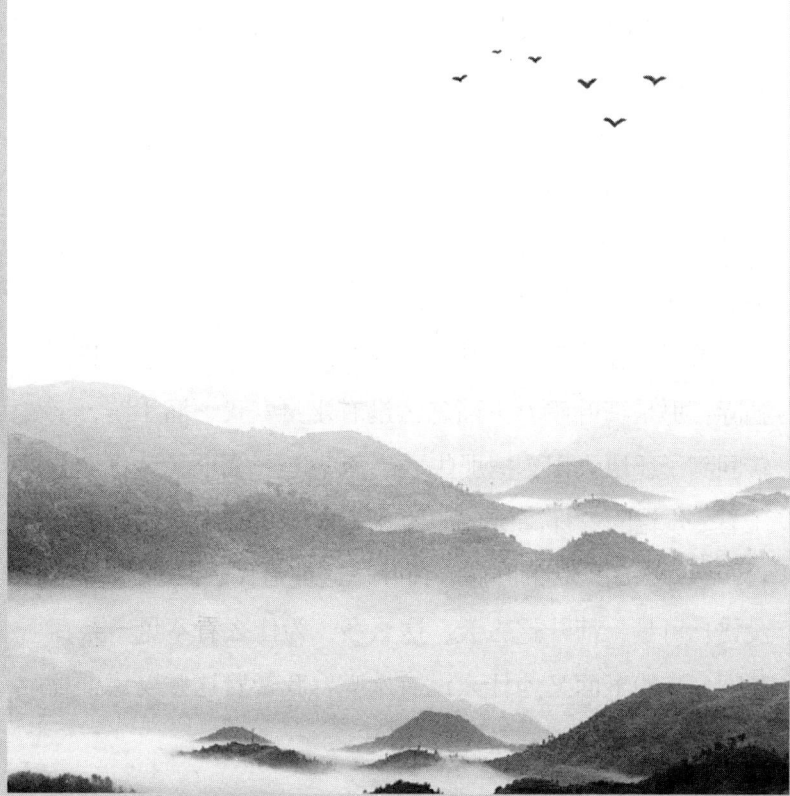

第三辑

窗外风景

芋芳斋小记

　　记得那时我还很小，一次跟着母亲到老姨家去。老姨的家在乡下，由于我不常去，所以一到了那儿，我就新鲜地满田埂跑着玩。那天，我跑到了一个大田里，哎哟，那田里长满了碧绿碧绿的荷叶，就像撑开了一把一把的小绿伞站立在那里。我弯着腰躲在里面，叫小老表一顿好找。事后，当我离开那块大田往老姨家走的时候，我又回头留恋地看了一会儿那片荷叶地。忽然，一片疑云飘过了我的脑际：那是荷叶吗？下面怎么没有水呀？我一溜小跑，又转回到了那块大田，把那些"小绿伞"一个个又认真地看了看。没错啊，那深绿色的脸盆大的叶子，中间的叶心连着四散开来的网状的叶脉。荷叶！这就是我认识的荷叶嘛，没错！可是，荷叶这么大，这么多，为什么看不见一朵荷花呢？它的下面又为什么没有水呢？我带着这些疑虑，离

　　发表于 2021 年第一期《老科苑》杂志。

开了那块大田。也许是童年心智的关系，一顿饭吃了，一个觉睡了，那片疑云也不知道飘到哪个乌拉圭去了，竟没有留下一点点痕迹。

日月如梭。金梭银梭以它那永远不变的节奏不停地为我编织出一幅幅难忘的人生画面：小学、中学、插队、大学、工作、婚姻、家庭、退休。对于像我这样的芸芸众生来说，熬到退休也真正是万事皆休了，犹如出海的船只，在人生的大海上，经过一番艰辛的甚至是玩命的惊涛骇浪的搏击之后，总算回到了原先的出发地，回到了栖息的港湾。我退休了，外出时间少了，常在书屋前的院里走走。有一天，我发现书屋前的隙地上，在最近的这段日子里，不知怎么就"诞生"了五株非同寻常的小幼苗，正是这几株小幼苗，开启了我的一段种植芋子的兴趣和阅历。这是后话了。

当时，我只觉得每株幼苗那嫩嫩的两根小茎上，各扛着一柄碧绿的圆圆的嫩叶，很是可爱。这是什么植物？我从来没见过，只是仿佛觉得它有点像办公室内的盆景滴水观音。看着这么可爱的小幼苗，我很高兴，隔天就为它浇一次水。望着望着，这几株小苗长大了，长高了，不知不觉还长分蘖了。这是滴水观音吗？不太像，我又有点怀疑了。

这时有人告诉我，那是芋子。

芋子？这作物就是中秋节前后上市的芋子？我插队农

村七年，居然没见过这种作物。说怪也不怪，我知道，那是计划经济的年代，我们那个地域农村的种植计划从未安排过这种作物。尽管我每年都要吃它一两次，但由于种植它的人不多，而且也只能是在自家的房前屋后种一点，量很少，我就从未接触过。所以，它在田里的长什么样我真是一点也不知道。

得知这几株作物就是芋子后，我兴趣盎然，水浇得更勤了，每天都给它浇。没想到这家伙生性喜水、耐水，愈浇水长得愈旺盛，后期长得有大腿高了。到了中秋，市面上有芋子卖了，我宁可上菜市场买几斤回家，也舍不得把门前的那几株芋子起上来吃，仍然给它在田里生长着。眼看着寒露过了，我终于把这几株芋子起了出来。嗬，每株下面的果实都结了两三层，如果说第一层是子芋，第二层就是孙芋，第三层该是曾孙芋了，这些芋子井然有序，一个个的圆蛋蛋分层紧紧地排列在一起，着实可爱。我把这些出土的芋子掰开洗干净，竟有大半篮子之多。然后，我将主茎下面的母芋和个头小的子芋留下来，又重新栽回到了地里。我想，明春它们一定会冒出新的幼芽来的。

第二年春天，我的亲家又送来了一些芋子苗给我栽。他说芋子是好东西，经常吃对我的病有食疗作用，并说他是从电视里看到的。所以，从第二年起，我就有意识地在书屋前种点芋子了。开始，种植面积大约十来个平方米吧，以后，逐年增加一点。直至目前，已经种植了近十年。每年都要收获好几十斤芋子，可以从中秋前一直吃到春节后。

　　说到收获，肯定远不止是从泥土里挖上来的那堆芋子，更多的是我在种植过程中所获得的阅历、经验、欣赏和领悟。

　　年过花甲，又在大病之后，还搞一点作物种植，也实在是没事找事。要说有所图吧，那只是图个锻炼，图个乐趣。拿之前那个时代的老话说，是自己教育自己，自己改造自己。每当我拿着铁锹在地里翻土的时候，就会想起在生产队挣工分的日子——那些远去了的并非只有苦难没有乐趣的日子，那些模糊了的并非只有虚度年华没有磨砺青春的日子。那种感觉，只有我在埋头翻土的时候，才能再次真切地获得，甚至还觉得这倒不失为一个自我丰富自我净化的手段和途径。

　　芋子，学名芋艿，我们这儿的人都叫它芋子。它虽是多年生的块茎植物，但我们这儿都是作为一年生的作物来栽培的。这芋子，我在种植它的前三四年，每到了收获季节，起出来的颜色都是淡淡的黄褐色，而且愈早愈淡，吸收养分的根须很多很长，几乎全是白的，结出的芋子个头大且数目多，果皮薄且嫩实状，很可口。特别是母芋长得很大，记得其中有一个大的，个头像小足球，斤两足有二三斤重。这种母芋，人们又称它为芋头了。

　　我傻乎乎地盯着这块地种植，随着年份的增长，特别是五六年以后，芋子的颜色变得愈来愈深，再后来就变得完全是黑褐色的样子，根须除了变黑以外，也长得少多了，细多了。结出的芋子，个头小且数目少，果皮厚且老病状，口感差。这时的母芋也长得小多了，个头和以前的子芋差不多大。可见，芋子这作物是需要轮作的。种到一定的时间点，你再不换地种植，那就只有收获失望了。真是白在农村蹲了那么多年，这点常识早就应该知道了。

就是那么五株偶尔一识的不知来处的芋子苗，使我至今已种植了近十年的芋子，从花甲种到了古稀，从古稀还在往下种。我收获到的远不止是那一点可怜的物质和可笑的所谓经验，最可贵的是，它带给我的享受是每年春夏秋三个季节视觉上的美感，精神上的愉悦。在我看来，这种美是难得的，并非随处可遇的。

其实啊，芋子的生长过程是很值得欣赏的。芋子的叶片、叶柄都是欣赏点。幼苗时，它们像是一株株绿色的灵芝；稍长，那叶片又像是一柄柄碧绿的轻罗小扇；长大后，每块叶片都像是一块绿色盾牌。到那时，碧叶连片，满眼姿色。风来了，扭腰抛袖，迎风起舞；雨来了，湖面扬沙，声声悦耳。我的这块地，大约在种植四五年之后，芋子虽然结得越来越小，越来越少，但叶柄却长得很帅气了，愈来愈肥硕，愈来愈高大，甚至高过成人。叶片也长得愈见宽阔。那情势，虽然不见刀光剑影，却是拥挤着重叠交加的绿色盾牌，很耐看，更是耐人寻味。

我有时觉得，芋子种植还是比较适合像我这样的懒人的，因为它好像并不需要多少田间管理。春天，芋子苗长出来后，发现苗稀的地方，给补种几棵，再上一些肥，然后你就看着它们长吧。当然，揪心的事还是有的，到了三伏天，赤日炎炎，酷暑难耐，为保护芋子植株，我早晚都向田间大量泼水。但无济于事，一天下来，一块一块的叶片像是被火燎过一样，叶子的边沿黄了。再经过几个烈日一烤，枯黄的不仅仅是那部分叶片，叶柄也成枯萎状了。好在这种状况并不是太多，可能是由于这些芋子植株相互遮挡，相互保护的原因吧，大部分芋子植株都挺过来了。

一天，一位北方的汉子因事路过我家院子，面对那些生长茂盛的芋子植株好像产生了很大的兴趣，观察良久，他突然向我提出了一个奇怪的问题：你这荷叶地，下面没水，又不开荷花，能结藕吗？

我一愣，转而哈哈大笑，知道他是弄错了。随即告诉他，这不是荷叶地，开什么荷花，结什么莲藕呢？说完了这话，瞬间，突然像是有一道闪电，穿透了几十年时光的帷幕，一下子照亮了那个在撑开了一把把"小绿伞"的大田中玩耍的孩子，并彻底地驱散了那孩子满脑子的疑云——那不是荷叶地，那是芋子田啊。——那个当年的孩子，他释然了。那个如今的老头，他轻松了。

人生在世，懵懂迷离东西莫辨之时常矣，错知错识错研错判之事多矣。在他闭眼之前，能够撩开雾障释疑解惑，能够知错识错悔错改错，实乃人生之大幸也。正所谓：朝闻道，夕死可矣。前人多有为自己书屋取名的雅兴，如今我也想附庸风雅一回，为自己的书屋取名为"芋艿斋"。我想，这名字应该还是最恰当不过的。

2020 年立春

芋艿在田间生长状态

林散之为霸王祠撰联背景及成因

安徽和县乌江霸王庙内的霸王等塑像在"文革"中被地方上的造反派砸了个稀巴烂，衣冠冢被夷为平地，庙宇被毁坏，最后仅剩下的一个空落落的破败的大殿也岌岌可危了——尽管霸王庙坐落在远离乌江镇还有数里之遥的凤凰山上，它也不能避免灭顶之灾。

1982 年 10 月，国家领导人到安徽来视察工作。他到了巢湖，工作之余提出要去看看乌江霸王庙。这可为难了当地领导，因为此时的霸王庙不仅破烂不堪，而且还被学校占了，让领导去看这样一个所在显然是不妥当的。据说，他们只好以路况太差，庙宇正在重修等原因劝阻了他的乌江之行。领导似乎也理解了他们的苦衷，就对有关同志说，这次就不去了吧，希望当地在修复霸王庙时，要把杜牧的《乌江亭》和王安石的《题乌江项王庙》这两首诗都刻成

发表于 2015 年第 11 期《作家天地》杂志。

碑立起来，让游人品赏。

这里，我们不妨重温一下杜诗和王诗。

杜诗是：胜败兵家事不期，包羞忍耻是男儿。江东子弟多才俊，卷土重来未可知。

王诗是：百战疲劳壮士哀，中原一败势难回。江东子弟今犹在，肯为君王卷土来。

应该看到，古代文人留给霸王庙的诗词太多了，传颂千古的佳作也不乏其人。如李清照的《夏日绝句》、陆游的《项羽》、吴伟业的《项王庙》等等，这些都是稍微读过几首古诗的人耳熟能详的。而领导特别地拎出杜诗和王诗来，不能不说是别有深意的。他绝不是在发思古之幽情。须知，他不是一般意义的文人，而是一个大政治家啊。细细咀嚼一番诗中那蕴含着的不以时代的更迭、历史的久远而褪色的哲理，好好品尝一下那两个大诗人从截然相反的角度却不厌其烦地重复着同一个关键的词汇——"卷土重来"，着实耐人寻味。

那的确是一个有着巨大容量的又足以让人触目惊心的思考空间。

无论当时的人们如何理解领导的这一指示，应该说他提到的重修霸王庙的意思是非常明白的。地方政府立即将重修霸王庙之事列入议事日程，并很快行动起来了。省政府为霸王庙一期维修工程拨款 40 万。1984 年初，霸王庙维修工程拉开了序幕。

应该提及的是，早在这之前，还在省地酝酿重修霸王庙之初时，和县文物管理所老所长王恒培，就根据县文化局的指示，多次带人下南京登门林宅，约请林散之老先生为霸王祠撰写楹联。

这就是时年 87 岁的林散之为霸王祠撰楹联的背景。

林老自己是如何看待为霸王祠撰联一事的呢？我们可以从 1984 年春他多次写给总角之交的种瓜老人邵子退的书信中看出来。（见邵川《风义集》）

他在 1984 年 3 月 12 日写给邵子退的信中说："……今政府大力重修项王庙，一切整旧如新……乌江自霸王庙被毁，现在蒙政府大力整修，真是难得。"可见，他是为政府尊重历史、重视文化建设所动，此当是撰联的成因之一。

就在这一封书信中，他又说："……我就作孽了，整天睡在家里，又不能请人代（笔），虚名累人，我又是乌江人，责无旁贷，只好慢慢写罢……""虚名累人"，自然是林老的自谦之词。他认为，政府既然看重自己，派人找上门来，就不能请人代笔了。此是撰联的成因之二。

"我又是乌江人"，既是林老对自己籍贯的直白，更是蕴含着这样一层意思：对修霸王庙一事，政府尚且如此重视，而作为一个乌江人，就更应该为家乡干一点事，这种"责无旁贷"的责任感、使命感，也是来自一种浓浓的乡情，此是撰联的成因之三。

此外，他在给邵子退的另一书信中说道："项王祠联，一年来苦思不能成句，近以追索急，不能迟缓，勉力成之。前曾奉政，今改数字，复录呈阅。"又说："此联实不易作，项王事甚多，不能乱拉，芜杂不文。苦思年余始成，稍可入目。"

"一年来苦思不能成句"，"苦思年余始成"，细细咀嚼林老的这番话，怎一个"苦"字了得，简直比苦吟诗人更为感人。苦吟诗人的"苦吟"只是一时，而年届八七的林老却是"苦思年余"。从中我们也可以看出，认真刻苦、精益求精是林老创作态度创作毅力和行事作风的一贯追求。少年时便如此，老来还是这样，一以贯之。一副楹联，苦思年余，数易其稿，足见作者的精心雕琢之功，此当为撰联的成因之四。

林散之在给邵子退书信中关于"前曾奉政"的楹联原稿是：犹听叱咤之声外黄未坑能从孺念鄙视心甘秦皇帝；忍见风云变色虞姬自刎专为报恩战败头抛吕马童。

稍后，"今改数字，复录呈阅"的修改稿是：犹听叱咤之声外黄未坑能从孺念壮哉心鄙秦皇帝；忍见风云变色虞姬自刎专报主恩败已头抛吕马童。改了两处，动了6个字。

最后，林老又将上联的"从"改为"存"，将下联的"专报主恩"重新改为"专为报恩"，这就成了他的定稿。

对这副楹联的撰写，他的自我感觉是怎样的呢？可以这样说，他不仅是满意，而且还有点得意。这在他给邵子退的另一封信中，是这样自我评价的："这联颇不俗，可与范联平衡。"

　　"范联"指的又是什么呢？"范联"指的是清代乌江贡生范琴波为霸王祠而撰的楹联。其联云：司马迁乃汉臣本纪一篇不信史官司无曲笔；杜师雄真豪士灵祠大哭至今墓木有余悲。

　　上联是撰联者范氏对司马迁在《史记·项羽本纪》中是否记载了一个"真实的项羽"提出质疑。作者认为，尽管司马迁将未成帝王之业的项羽列为本纪，但是司马迁毕竟是汉朝臣子，他对于与汉室争天下的楚霸王的记载难免有"曲笔"，难免失之公允。下联用了这样一个典故：北宋时与欧阳修、石曼卿并称于世的"三豪"之一歌豪杜默，屡试不第，仕途无望，怅然回归故里历阳丰山杜村（今和县南义丰山杜村）。就在他途经乌江时，在镇上喝了几杯闷酒，然后带着醉意拜谒了霸王庙。在青烟袅袅的香火中，他凝视着末路英雄楚霸王的神像，一腔郁愤再也压抑不住，他跳上偶座，抱住项王的泥木脑袋号啕痛哭："英雄如大王而不能得天下，文章如杜默而见放于有司，岂非命哉!"其声悲哀之极，以至在他离开之后，庙祝检视大殿，竟然发现霸王神像还在垂泪不已。一个是末路英雄，一个是落魄文人，手上舞弄的吃饭家伙虽然各不相同，但都各有一番成就，而最终又都归于失败。于是文武相通，人神相怜，遗下这千古悲风。该联用典贴切，对仗工稳，一直流传很广。

　　林老很看重自撰的这副楹联，并拿来与"范联"相媲美。美的共同点何在呢？林老的看法是两个字：不俗。

　　林老的对联，上下联各涉及了有关项羽的两个事件。其上联，一是叙述项羽少年时见到秦始皇就有心鄙之，曾说：彼可取而代之。是为雄壮。二是叙述项羽在外黄战事结束后，听从了原外黄县令门客的儿子——一个13岁少年的劝告，打消了准备活埋全城15岁以上男人的念头，并把他们都赦免了。孺念者，即孺子之念也。

　　下联也涉及有关项羽的两个事件：一是垓下败北，虞姬自刎；二是乌江末路，头抛吕马童。是为悲壮。林老的这副对联，没有直白地对项羽作出评价，而是寓评价于精心选择的上述事件之中。尤其是"外黄未坑能存孺念"这句，对项羽这一形象的评论确有出新之笔。诚如林老所言："颇不俗"矣。"不俗"何在，就在于有史有识有文采，绝非等闲之笔。

　　需要补叙一笔的是，按林散之的意思，是要他的老友邵子退将其父邵鲤庭撰的曾悬挂于旧时霸王庙的那副楹联也书写出来，林散之在给邵子退信中是这样说的："关于你的任务不重，就把邵大伯（鲤庭）以前做的要你亲手写。子为父亲服务，不能推卸，要是别人我可代劳。你家是书香，兄弟四人，只有你一房光辉存在，一天时间可以完成。"还说："君可作一联，并书留之。县里非要你作不可，要留点笔墨在人间，不能有偷懒。"

林散之信中所说的"邵大伯"（鲤庭）的楹联是：漫云天竟兴刘四百载山河而今安在？到处人多说项数千年香火振古如斯。

孰料当时邵子退卧病在床，难以握笔，且于当年秋仙逝，留下了一个永远的遗憾。

乌江霸王庙异名很多，又称项王庙、楚王庙、项羽庙、霸王祠、项王祠等。维修后的霸王庙之所以称祠不称庙，主要是当时的文物部门认为，如果称庙，恐怕要安排一些出家人到里面去，称祠要省事一点。此外，霸王祠也是霸王庙的异名之一，所以最后定名霸王祠，当属自然。

一棵山坳古树的写生

　　和县的山川形势，清人顾祖禹在《读史方舆纪要》中仅用"东南滨江，西南邋溪，西北环山"十二个字就作了精辟而生动的概括。在这西北环山的诸峰中，如方山是全县海拔最高的山。其周遭还散落着一些小的山头，如馒头山、掉尖山等。就在馒头山和掉尖山之间的十里山坳中，生长着一棵古树。很早很早以前，当地的人们对这棵古树的科目类别认识还不是很清楚，它就被叫成了一棵无名树。后来的有识者辩出这是一棵朴树，又因其年代久远而称之为古朴树。

　　这棵古朴树既老且奇，颇有一番来历。

　　先说老。这棵树的年龄，传统的说法是四百多年。但据旧县志记载，明末有个叫源远的和尚曾游历至此，他在对此树观赏一番之后，还作了一首纪游诗。如果根据这个记载来推算，其实已将此树的树龄远远推前了若干年。因为"明末"这个概念，即便从甲申之变算起，至今也接近四百年了。四百年前的那位游方和尚源远，当他站在这棵名声远播的无名树前时，这棵树绝对不会是一棵幼苗，也不会是一棵树龄短，根基浅，形态平庸，毫无特点之树。其时，这棵无名树的树龄应该是不下百年。试想，如果当时这棵无名树没有一定时间的长度、特点的出众和形态的超凡脱俗，想必它的名声也不可能远播在外，更不至于将这位游方和尚吸引至此。如果那时此树若真有百年，那么这棵树长到现在，应该是在五百年上下了。

当年，源远和尚的纪游诗是这样写的："白筱绕庵如下拜，缁衣缝我亦知间，幽岩说有无名树，不肯遗名与世间。"筱者，小竹，细竹也。由于绕庵而立的白筱都是小而细，所以这些小竹子整体上是呈匍匐之势，拟人修辞状为下拜倒很是形象。首句当是那时古朴树一侧的某个环境点。起笔就是"白筱"，着力点却是在"下拜"。明面上写的是环境，实际上写的是作者来访这棵无名树的心境——无非也就是一个"拜"字。这在诗的第二句已经作了挑明。"幽岩"，是说这儿人迹罕至。在这人迹罕至的山坳之中居然生长着这样一棵广有民间口碑的无名树，源远和尚站在这棵树前该是做何感想呢？其实，应该是逛了也就逛了，看了也就看了，那感觉最多不外乎像我们现代人常挂在嘴边的所谓"震撼"之类的感慨。然而此时源远和尚的感慨，远不是这两个字所能概括的，它超出树的形体给他的视觉功能冲击所带来的感受，而是深入到了人际社会处世观的体验："不肯遗名与世间。"树本无所思，树亦无所语，"不肯"显然不是树的"不肯"，而是作者的思想，这话多多少少显示了作者对出世和无争思想的表白与肯定。

再说奇。一棵树有名气，一定有它的奇特之处。这棵古朴树的奇特之处何在，旧县志没有记载，有关传说和记载也是近几十年间的事。据说二十世纪三十年代，这棵古朴树所在的小山村有一个滕姓的读书人，他根据自己对这棵古树多年的观察和记录，总结出了一条这棵古树的生态与自然气象相对应的规律："（初春）古树迟迟不发芽，主旱；发芽早且齐，主涝；如果发芽有先后并比较正常，当年雨水适宜。"一句话，就是观其生态能预知当年旱涝。根据这一规律，此人还对 1954 年的大水作了成功预测。之后多年来，村里人多拿这棵古树的初春生态作为农事安排的气象参照，效果一直不错。到了二十世纪八十年代，央视和《文汇报》等媒体对这棵古树神奇的气象对应功能作了多次报道，所以，这棵古朴树的奇特之处又使它得名为气象树，其名声传播得更广更远了。

对这棵古朴树我心仪已久，只是近年才有缘得以一瞻风采。那天，我和我的朋友们来到这棵大树下，当我不由自主地用手抚摸着它那鼓鼓隆隆的好似丘壑纵横的躯干时，我的感觉是什么呢？那就像是一个小顽童战战兢兢地掀开历史帷幕的一角，突然面对着一个慈祥的、智慧的、渊博的、饱经沧桑却又生机勃勃充满活力的老者，在他面前，我感到自己是那么的懵懵懂懂、不知所措。

600 多年前和县石杨镇高滕村的气象树（薛华勇摄）

　　绕树三匝，我们像是被罩在一个百十平方米的绿色大厅之中。四周望去，有农田，有阡陌，有农舍，有绿树，有坡地，有池塘。四围山野皆是画，树在山野画图中。再抬头仰望，嗬，这才真的是开枝散叶的大手笔，庞大的树体枝丫横斜，旋律奔放，交柯错叶，路数狂野，它翻篇了之前我对城市里所有树枝生长形态的认知。那真正是一个值得遨游的世界。

　　那些黑黝黝的枝干，像一条条苍龙在云中劲舞，像一匹匹骏马在草原奔驰。那些悬浮在绿叶间的枝丫，又像是一群酷爱文艺的精灵正在张臂顿足，跳着热烈奔放的舞蹈，背景是葱绿的大山，舞台是苍莽的山野。风来了，碎叶儿在摇曳，又像是在低吟沉郁的诗篇。我遐思，在斜风细雨中，它应该是在谋划如何更好地繁衍生息；在电闪雷鸣时，它分明是在不屈地抗争高高在上滥施暴虐的天庭。而眼前，它投下的浓浓树荫，无疑是深不可测的时间的幕墙。它那一段段粗糙皴裂的树皮，不就是一页页真实厚重的历史？它记载着山民们日出而作日入而息的农耕生活；它记载着物换星移沧海桑田的社会变迁；它记载着江山易主改朝换代的血雨腥风；它也记载着人世间说不尽的人情冷暖和世态炎凉。

如果，我们把眼光放在一个高处来投射，这古树则更像是一支如椽大笔，它以宽广无垠的蓝天为书写稿纸，以它那扎根大地实处、秉承大自然旨趣的笔触，带着自身的审美追求和时节灵感，永不停止创作的激情和冲动，描摹着、塑造着物态的自我。它为世人所感悟的应该远不止是"不肯遗名与世间"的清高或因对应气象有益农事而得名"气象树"的美誉。从它那物态的自我所表现出的气质、精神、内涵来看，它给人们的启示可以说是广袤无际的。如，它会使你理解什么是生命的轰轰烈烈，什么是追求的百折不挠；它会让你懂得什么是博大，什么是宽容；它会让你明白什么是真正的洒脱俊逸，什么是真正的风流倜傥；它还会让你顿悟：这才是无拘无束的范儿，这才是动人心魄的乐章。

当人们面对这棵五百年前的古木，不知有没有思考过这样一个问题：这棵经历了五个世纪的风雨寒暑的大树，在远非像那些高居庙堂身份显赫的顶级名胜古木那样受到历朝历代特护的情况下，我们今天之所以还能有幸一睹它的尊容，还能看到它如此生机勃勃、自由自在地屹立在这里，原因何在？有人也许能从科学的角度历数出种种道理，但在我看来，最重要的原因只有一条：那就是因为它生于山野，长于山野，安于山野。它幸运地躲开了一切可能强加给它的诸如剪枝、整形、砍伐甚至是兵燹等种种"人祸"，而是任由山野养育了它，任由山野塑造了它，任由山野成全了它。

可见：自然，是它与生俱来的不变天性；自在，是它超然物外的生存状态；自立，是它澹然山野的大象格调；自由，是它优哉游哉的无穷享受。

唯如此，它才能从之前的大前天的大前天，走到了昨天的昨天；唯如此，它也才能从之后的明天的明天，一路健康地走到后天的后天。尽管日日有变，日日有新，然而，毕竟新为变之果，变乃新之萌，万古终有极，历史永无涯。

这棵古朴树若以现在的行政区划来标明它的位置，当在安徽马鞍山市和县石杨镇高滕村，这里距县城约有四十多公里路程。早就不是骡马代步的时代了，小汽车从县城上路，个把小时即可抵达。"不肯遗名与世间"，看来只能是源远和尚的一厢情愿了，它不仅不会被传媒买账，恐怕也再不会有那样的"高人"来买单了。

拜 石

　　安徽无为县有一块太湖石很有名气。名气何来？那是因为它上了宋史。《宋史·米芾传》中对它记载的原文是这样的："无为州治有巨石，状奇丑，芾见大喜曰：'此足以当吾拜！'具衣冠拜之，呼之为兄。"

　　据说米芾"具衣冠拜之，呼之为兄"的石头，就是现在无为米公祠内展示的那块太湖石。这石头早几年我是见过了的。那天，在我见到这块石头的时候，愚钝如我，还真没有出现一点点，哪怕是一丁点想要弯腰下拜的念头。闪现在脑际的似乎是一种失望，一种幻想如云如雾，见面平淡若素的失望。那会儿，总感到有一个声音好像在不停地发问：是这块石头吗？

　　人们告诉我，就是这块石头。

　　当时我就在想，这块石头的特别之处在哪儿呢？我把

发表于 2017 年 9 月号《徽派》杂志。

它前看后看左看右看了，却怎么也看不出个门道。如从史书之说观之，说它"巨"吧，根本谈不上；说它"奇丑"吧，好像既"丑"不到哪儿去，也更是"奇"不到哪儿去。我想，以米芾对奇石的鉴赏眼光来看，从他眼前晃过的奇石身影那一定是不计其数，正所谓"操千曲而后晓声，观千剑而后识器"，他不仅有收藏实践，而且上升到了一套理论，提出了鉴赏奇石的四字标准"瘦、漏、透、皱"。试以他的这个四字标准来衡量这块石头，怎么看也未必有什么更为特别之处。那么，为什么米芾见之先是大喜，再是具衣冠下拜，三是下拜就下拜吧，为什么还要呼石为兄呢？这在常人看来，他确实好像是有那么一点神神叨叨、疯疯癫癫的样子，难怪有人称他"米癫"。不过，这些问题当时虽然在我的脑子里转了几圈，也确实没有转出个什么结果来，那就只好暂时存疑吧。

这之后，我翻来覆去地在想这个拜石的事。也费了不少工夫查阅了一些资料。没想到的是，我们这个国度对奇石的崇拜竟伴随着整个有文字记载的历史，绵延起伏数千年，直逼当今。民间传说中的奇石崇拜甚至将其历史直通远古。

如我国的少数民族之一的羌族，它有一部民间史诗叫《羌戈大战》，传递了大量的远古历史信息，其中就记载了羌族关于白石崇拜的故事。相传远古时期，羌人在一次对敌战争中，寡不敌众，眼看就要被敌兵追上了，这时，幸遇三块白石变成了三座雪山，挡住了敌人的去路，从而使羌人绝处逢生。之后，羌人又在与戈基人的战争中，得到天神帮助，授羌人以白石，使之获胜。所以羌人认为，白石是神授。这样，他们就把白石作为天神和祖先的象征，杀牲祭献，顶礼膜拜。每次祭献，"牦牛杀了十二头，白羊黑羊三十三；千斤肥猪宰九条，祭品供在白石前"（《羌戈大战》）。这里所录宰杀的牲畜数，均为羌人大祭典时所用牲畜数。不仅如此，每家每户都要在神龛上供奉一块白石。白石崇拜就成了羌人古老的传统习俗。

藏族也有类似供奉白石的传说。白族对奇石原始的崇拜形式，民间至今遗迹尚存。据说，在洱源县和云龙县交界处的兔罗坪山上，有五间石屋，每间都供着一块巨石，当地人称石头皇帝。人们之所以崇拜它，供奉它，是认为它不仅能主宰人类，同时还管辖山神和野兽。

在中国的历史上，有两个皇帝对奇石的崇拜是常被人们提起的。

一是始皇帝拜石。相传他在统一全国后的第二年，去荣成成山头拜日途中听到了一则传闻，说是女娲补天时遗落下一些神石——花斑彩石，而礼拜此石能保佑江山稳固，天下太平。始皇帝听说后，便专程赶去礼拜花斑彩石。此事有当时的术士徐福为之而作的贺诗为证："万马千军御驰道，始皇拜石得成功。"可以想见，那拜石的场面是何等的壮观。

二是宋徽宗拜石。宋徽宗赵佶是一个极有艺术天赋的皇帝，他在书法和绘画上都有很高的造诣。这位皇帝也是极喜爱奇石，爱得昏天黑地。他对太湖、灵璧、慈溪、武康诸奇石由崇拜而发展到痴迷的程度，不仅亲自为奇石题名，而且还充分利用他的皇权荒唐地为奇石封侯。为搜罗奇石，他设置了一个专门机构应奉局，并将漕船和强征的大量商船专门运送东南花石，是为花石纲。为了顺顺当当地运送这些巨石，有的州县还要毁城门、拆水门、拆桥梁、凿城垣。因为巨石太大，许多地方没法通过，不得不重新开道。这一来，不仅严重侵扰民间百姓，而且直接危害政权基石。

这两个皇帝拜石，一个是为了家天下的万子万孙，一个是为了满足自己的骄奢淫逸。说到底，都是一种占有欲在作祟。

当然，对于宋徽宗而言，他痴迷奇石，搜罗奇石，如果仅仅说他是骄奢淫逸，说他完全是为了满足占有欲，显然是不够公允的，也是不全面、不客观的。问题的另一方面是，他在骨子里还是一个文人，是一个酷爱书画、酷爱艺术的文人；是一个艺术家，是一个有着唯美主义倾向的艺术家。只有看清了这一点，我们似乎才能更深刻更全面更客观地理解这个懂艺术不懂政治的皇帝的石痴心结。

奇石，作为一种美的形态的客观存在，从纯欣赏的角度看，社会各个阶层大概都有喜欢的人群，但也未必人人都感兴趣，特别是一部分从事体力劳动并与奇石交易始末毫无关系的人们。当他们面对那么一堆冰冷的挺硬的古里古怪的家伙时，眼瞅瞅是既不能吃也不能用，放在哪儿还嫌得有点踢脚绊手的，只有砸碎了铺路，也许还有一点实用价值，他们能对那些所谓的奇石有多大兴趣呢？当然，正是这些"无用"之物，在一些"石痴"眼中，倒成了他们的至爱，这是欣赏的眼光使然。我想，在欣赏的眼光上能够走火入魔，成为一个石痴，以至形成石痴群，恐怕也只有在文人圈内了。这种文人的雅好，最初应该纯粹是精神层面的东西，他们绝不会因为这块石头能够值多少多少钱而爱不释手，甚至抱着它睡觉。正是审美的一致性，诞生了这样一些石痴、石呆精英。宋徽宗、米芾应该都是其中翘楚。在这个石痴圈内，其共性都是文人，而且大多是结缘书画，精于书画。他们之所以喜爱观赏、把玩那些奇石异石，最充分的理由在于体现了他们的审美情趣和艺术追求，他们甚至能从那些石头的形态、花纹中抒出文思，开掘艺泉。正是在这个意义上，诗书画和奇石的那种天然的无形的艺术血脉通过石痴们的大脑连接而相通了，以至相互辉映相得益彰。

以米芾为例，他以书法中的点入山水画，人称"米氏云山"。他的书法，风樯阵马、沉着痛快、超逸入神（苏轼语）。其笔墨意趣，有多少灵感来自他所痴爱的奇石异石那凹凸起伏的石肌、坑点皱褶的石纹呢？恐怕他自己也说不清。他的书法作品在结构、用笔方面，那是尽兴尽势尽力，还有他倡导的"稳不俗、险不怪、老不枯、润不肥"的书法要则，这里面，有没有奇石之风、奇石之味、奇石之功？在他书法实践中的裹与藏、肥与瘦、疏与密、简与繁对立统一的有机融合里，有没有异石之灵、异石之韵？

再看那位宋徽宗皇帝，他书法上的"瘦金体"与他搜遍东南而得到的那些奇石怪石之间有无相通之处呢？特别是与那方名唤"砚山"的非常有名而又是他非常倾心的灵璧石之间有没有形迹相通之处可寻呢？那方"砚山"石，有考据说它本是南唐后主李煜的旧物，几经流传，传到了米芾手里。米芾得之狂喜之极。这个"狂喜之极"到底到了什么程度呢？据《志林》一书记载，说他"抱眠三日"，他在搂抱着这块石头睡了三天之后，即兴挥毫，留下了传世珍品《研山铭》。为什么称砚山为研山呢？据说是因为"砚"字与"研"字谐音，所以古亦称"研山"。有传说宋徽宗一直想把此石占为己有，但最后得手没有我不清楚。"砚山"石到底是个什么样儿，我曾在网络上查了一下，还就搜到了这方奇石的踪影，但它到底是不是宋徽宗所倾心的那方"砚山"石的真容，天晓得。当观这砚山石之形，乃是一方有五座峰峦组成的笔架山，山体细长，瘦直挺拔，石肌刚健，如刀如戟，脉动走向，铁钩银枪。品味砚山神貌，对照"瘦金体"书法特征，两者之间究竟有无相通之处呢？

所有这些，如果经过一番细细揣摩，应该说回答都是肯定的。它们也确实是有相通之处的。这不难理解，因为，所有艺术原本都是血脉相通的。我们不能排除，这些石痴文人，他们在观赏把玩那些奇石的同时，也在悄然吸收观赏对象的艺术营养，并自觉或不自觉地滋润了自己的艺术实践。囿于欣赏者收藏者的艺术特质而钟情奇石，这大概才是此类石痴们的最初形态。

据说，欣赏奇石还可以让人"忘记年龄，忘记恩怨，忘记疾病"。信不信？你可以不信，反正我信。这是另一类石痴们迷恋奇石所达到的忘我境界。如果没有迷恋到这种境界，焉能称得上痴？不过，这种忘我的境界倒也是很纯净的。

但是，一旦纯净的奇石进入熙熙攘攘的市场，纯粹的坦然的欣赏目光异变为精明的猥琐的估价眼光后，人们对奇石的那种欣赏角度，迷恋激情，收藏初衷，下拜动机，统统都变味了，主宰这一切的就两个字：金钱。奇石成了金钱的替代品，拜石升格为拜金。这恐怕就连那些自命清高者流都不能免俗，更不用说还有那些在世名重一时的大艺术家，身后其作品遭人倒腾来倒腾去地拍卖、行贿，如此种种，不亦叫人唏嘘不已！

有道是，爱美之心人皆有之。遇到可心的奇石，朝思暮想，渴望收入囊中，这想法本身并没有什么不好。但是，易手之道却是大有讲究。苏东坡倒是给我们演示了一出奇石易手之好戏。

　　说起来，苏东坡也是一个石痴。一次，他到一个刘姓的人家中去玩，看到他家有一块"作麋鹿宛颈状"的灵璧石十分可爱，意欲得之。但如何到手呢，是以官家的身份豪夺？是以生意人的姿态收购？还是借朋友的感情巧取？怎么可能呢，苏大学士毕竟不是凡胎，行事不失儒雅风度。他的做法倒也别致："乃书临华阁壁，作丑石风竹。"他主动地为刘姓主人又是写字，又是画画，以至于刘姓主人在不经意间竟得到了仰慕已久的东坡字画，他当然是大喜过望，就把那块奇石作为回报，馈赠给了苏东坡。爱石夺石，阳光坦荡，不失操守，不失风度。而失者得之，得者失之，得之亦喜，失之亦喜，竟是皆大欢喜！这才是东坡的道德文章。这不是传说故事，而是出自东坡笔下的记载，就在他的文集里，题名为《书画壁易石》。

　　最后，回到上文，对于无为县的那块拜石，在后来我曾怀疑宋史记载也许有误。原因是：如果那块石头真是"状奇丑"，怎么会"芾见大喜"？殊不知，作为赏石的美学命题，米芾有自己的"相石四法"：瘦、漏、透、皱。而"丑"字则是与他同时代的苏东坡的发现，语出东坡的题赞与可《梅竹石》图："梅寒而秀，竹瘦而寿，石文而丑。"六百多年后，也有一位爱石如友的大艺术家评论道："米元章论石：曰瘦、曰皱、曰漏、曰透，可谓尽石之妙矣。苏东坡又曰：'石文而丑。'一丑字，则石之千态万状，皆从此出。彼元章但知好之为好，而不知陋劣中有至好也。"

（郑板桥语）高见！实在是高见。以此来看，"状奇丑"，应该不会为米芾所倾倒，米芾所大喜、所下拜、所呼之为兄的奇石，应该是经他自己的综合考察后而特符合他那"相石四法"的上乘者才对。

哎，米南宫相去已远，可眼前却总是晃动他那身着襕衫弓腰拜石的背影，并且他的嘴里还在不停地叽叽咕咕着什么，迷迷糊糊的声音略带他的家乡襄阳方言，他好像在说：噫！石之爱，米后鲜有闻；石之拜，比肩者何人？

横江水，流啊流

一

横江水，流啊流……

水流湍急白浪翻滚的横江，它那"白浪如山那可渡"的历史永远定格在这个日子：公元二〇一三年十二月三十一日。

正是在这一天的中午十二时，它向世人宣布：马鞍山长江大桥正式通车。

一座主跨跨度为世界同类桥梁第一，首次实现了三塔两跨悬索桥跨径由百米向千米，覆盖整个通航水域的国内首座拱形三塔斜拉桥，像一条绚丽的彩虹在横江上奇迹般升起。

从此，它变长江天堑为通途。横江，流淌了数千年的

发表于 2014 年 1 月《安徽高速》，又发表于 2014 年 12 月《作家天地》。

横江，从这一刻开始，以它全新的面貌，呈现在世人面前。

横江，它的方位在我国现存最早的地方总志《元和郡县图志》的阙卷逸文中是这样记述的："（历阳）县东南二十六里，直江南采石渡处。"这一方位指的正是现今连接大桥两端的和县姥桥郑蒲与马鞍山采石这一段长江江面。

今天，当我们站在江心的大桥上，俯瞰桥下的江水，无异于站在云头看横江。但见茫茫的横江水，白浪翻滚，浩浩荡荡，长风壮行，一路北去。极目南眺，水天相接处，诚如《江防考》所云："大江入州（和州）境，上接无为州，下接应天府，凡一百一十里，与太平府中流分界，江流自西南绕而东北，故昔称和州为江西，而大江夹岸津要甚多，随地立名，分途汛守，实皆大江也。"由于长江在安徽地界是南北走向，所以，和县过去被称为江西，和县对江地域也就被称作江东了。故李清照有诗云"至今思项羽，不肯过江东"是也。

二

横江水，流啊流……

我站在马鞍山长江大桥上，也正是站在横江的云头上，反复地向两岸张望，想穿过时光隧道，看看一千二三百年前，唐代诗人李白到底是站在哪一边的江岸，面对阻隔行程的波涛汹涌的横江，捻须长吟：

人道横江好，

侬道横江恶。

猛风吹倒天门山，

白浪高于瓦官阁。

……

时空的阻隔，给后人对这动人心魄的《横江词》组诗的理解带来了一团团迷雾。横江词横江词，组诗的写作对象是横江，这一点世人好像没有疑义，因而也没有产生异议。但在关于组诗的写作时间、地点、主旨诸方面，在一个时期以来倒是产生了一些争议。在写作地点的问题上，有"'采石矶'说"，有"'历阳'说"；在写作主旨的问题上，有"'山水诗'说"，有"'寓意寄托'说"或"'政治抒情诗'说"；在写作年代的问题上，有"'早期'说"，也有"'后期'说"。当然，欣赏作品出现争议的情况应该说是正常现象，特别是诗歌，自古就有诗无达诂之说。

当我站在大桥上，面对周遭的山川地貌、历史陈迹来咀嚼这组诗时，我倒是真想舀一瓢横江水，用这些争议来和一点稀泥。

我想，这组诗应该不是一时一地之作，而是诗人在某一个时间段往返采石与历阳（今和县），逗留横江两岸的期间陆续写下的。组诗是通过对同一题材（横江）多方感受的描述，表现了诗人对眼前横江景象的所见所闻所思所感。

在组诗中，我们可以看到，诗人对横江直观形象的描述有两个字最为突出，一是风，二是浪。给诗人感受最深，在诗作中情感流露也是最为凸显的是一个字：愁。那就是愁渡。想想也是，由采石矶渡横江到历阳要愁，由历阳坐客渡横江到采石矶归来也要愁，面对大风大浪的横江，怎一个愁字了得！

当然，要说这个写作地点的"两岸说"纯粹是笔者的主观揣测，那是毫无意义的。但要是稍稍浏览一下李白诗集中所收的十数首与历阳相关的诗，一个客观的结论也许首先就会为你呈现这样一个大致的印象了：李白是历阳的常客啊！李白常像走亲戚一样来往于横江两岸啊！

是的，正因为如此，历阳的山川人物、民风民俗在李白的诗中不仅出镜频率高，而且是那么的美丽可爱。

李白在与历阳相关的十数首诗中，有三首诗很有意思。这三首诗是：《醉后赠王历阳》《对雪醉后赠王历阳》《嘲王历阳不肯饮酒》。这三首诗不仅都是写于冬季的雪天，都是写给历阳的父母官王历阳的，而且都是写于豪饮之后。值得注意的是《对雪醉后赠王历阳》一诗的最后两句："清晨鼓棹过江去，他日西看却月楼。"那意思是再明白不过了：今晚我们都尽兴了，叫人恋恋不舍的是，我明天一早又要告别历阳乘船过横江了，主人的美意、却月楼的美酒，让我带走了不尽的想头。到了江东，我还会不时地朝西岸张望的，思念你王历阳，思念你做东的却月楼酒家。你思想上可要有个准备哦，说不定哪天我还要到你那儿去叨扰的哟！

此诗的另一版本的结句为："千里相思明月楼。"这结句好像对不上李白诗的原意，因为这是一个放之四海而皆可用的句子，有点不太符合该诗特定的语境，哪如"他日西看却月楼"来得切人切事、切情切景呢。

还有，我们不妨再品品李白的《出妓金陵子呈卢六》（其三）："东道烟霞主，西江诗酒筵。相逢不觉醉，日堕历阳川。"

听听诗人这语气，像不像是历阳的常客？

常常往返横江两岸，因风浪受阻是不是常事？

观风浪之景，生受阻之愁，顺江水之思，加上人诗家之境的自觉，来也吟，去也吟，传诵千古的名篇《横江词》正是在这样的时空里诞生了。所以，"两岸说"绝不是笔者的无端猜疑。

分不清究竟是在东岸还是在西岸，但那分明是李白，他还在那儿长吟：……横江欲渡风波恶，一水牵愁万里长。……白浪如山那可渡，狂风愁杀峭帆人……郎今欲渡缘何事？如此风波不可行！……

面对这"惊波一起三山动"的横江，诗人只能是望江兴叹。这是诗人的无奈，也是历史的无奈。

横江水，流啊流……

远去的诗仙李白，你在时光隧道的那头，看见今日横江上空升起的绚丽彩虹了吗？

三

横江水，流啊流……

那两岸的过客，当你驾驶着心爱的私家车，那四个轮子轻捷地悠闲地惬意地滑过那条架在横江上的"彩虹"时，不知你想过这条"绚丽的彩虹"——马鞍山长江大桥的建设者们吗？他们从建桥的准备阶段桥位初探的第一钻，到大桥的正式开工打下的第一个钻孔，到三塔的封顶，到全桥的顺利合龙，到路面和桥面铺装结束，这些大桥的建设者们在建桥过程中经历了怎样的严寒酷暑？怎样的日日夜夜？

笔者曾在 2012 年的春夏之交，与两位年轻的摄影记者到建桥工地做过一次采访。那时，左汊的三塔都已经封顶，工人们正在架设猫道。屹立在江上的三座吊塔，就像三柄寒光闪闪的宝剑，剑锋直刺青天。那天，我们乘坐着快艇，在横江上劈波斩浪，绕着三塔选取最佳拍摄角度。为了近距离拍摄猫道施工现场，我还随着两位年轻的摄影记者上了北塔的塔顶，那可是 60 多层楼的高度啊。虽然有施工专用电梯把我们送了上去，可是出了电梯间，我就挪不动脚步了。塔顶的作业面并不小，南边那头有几十个工人和技术人员正在忙碌着，两位年轻的摄影记者一出电梯就赶过去拍镜头了，可我却不敢挪步。我好像身浮半空，眼睛只敢平视前方，苍茫一片，什么山呀水呀房呀树呀，都不敢看得那么真切，更不敢朝下看，仿佛看了就会坠落下去似的。那会儿，我真恨自己的身体素质和心理素质太差。

再看看塔顶的这些大桥建设者们，他们每个人都在那儿埋头作业，忙着架设猫道。猫道，这名词听着就有一点险要的味道。是的，所谓猫道，乃是悬索桥施工时架设在主缆之下、平行于主缆的线形临时施工便道。它是施工人员进行施工作业的高空脚手架，是主缆系统乃至悬索桥上部构造施工必不可少的工作通道和施工平台。

此时，猫道还正在架设的过程中。那悬在吊塔间的两条弧形线就像是蜘蛛吐出的两根细丝飘浮在空中，看上一眼，就叫人心里有一点颤巍巍的感觉。而那些大桥建设者们，对这高空作业环境的险恶好像全然没放在心上，他们就像在房前屋后干活一样，饱满的神态，娴熟的技能，是那么的认真严谨而又从容不迫，单是看着他们在高空中一个个弓腰操作的背影，就会让你从心底涌出一股股敬佩之情。

在大桥工地，我翻看了一些施工单位的简报材料。无意中，一篇员工的日记吸引了我。这是一个刚刚走出大学校门就到大桥工地来工作的大学毕业生写的。日记的时间是 2010 年 8 月的一天，是作者到单位来上班的第三个晚上，也是他工作的第二个夜班。

他在日记中记载：

今晚的工作是钻孔桩的混凝土浇筑。接近八点，风逐渐大了，吹得江面上的水波一道道的从下游往上游走，好像江水开始倒流了。对岸下游的地方，偶尔一道闪电，让天空瞬间有了早上蒙蒙亮的感觉。落雨点了，很小，很稀疏，工人们都穿上了带来的雨衣。雨渐渐大了，工人们拿来了防雨布，把整个集料斗、溜槽和小料斗都遮了起来，让下落的混凝土不受风雨侵蚀。雨更大了，风更猛了。一道道闪电，将远处的山峰轮廓勾勒出一条曲线，震耳的雷声在天地间轰隆隆的炸响着，肆虐的狂风将路边的旗帜扯得如同一面展板。雨点猛了，密了，打在身上疼了。在工地探照灯的照射下，人的影子、机器的影子和不远处无边的江水融合在一起。风雨中，大家在一个劲地拼搏着，为的是混凝土浇筑桩的成功，为的是工程质量不存在隐患，为的是大桥将来的根基稳定。

在日记的最后，编者加了一个后记，注明那个风雨之夜的混凝土浇筑桩，在一个月后经超声波检测，判定为一级桩。

确实，那一个个劳动场面也谈不上惊天动地，甚至可以说是平凡的，但也正是这样的平凡，正是这样的无数个平凡，才创造出了不平凡的横江上的人间彩虹！

四

　　马鞍山长江大桥从 2008 年 12 月 28 日举行开工典礼，到 2013 年 12 月 31 日正式通车，历时整整 5 年。五度春秋，完成了多少代人的美好梦想；五度春秋，改写了横江数千年的全部历史；五度春秋，一千七百多个日日夜夜，大桥的建设者们汗水伴着江水流；五度春秋，数不清的风风雨雨，道不尽的月缺月圆，这些来自祖国的四面八方的大桥建设者们把时代精神、把聪明智慧溶入了物质，于是，这才有了一桥飞架南北，天堑变通途！

　　横江上空的"绚丽彩虹"，辉映着灿烂的时代之光。

　　是的，这道人间彩虹不是天上掉下来的，我们能记住这一点就好。

　　横江水，流啊流……

马鞍山长江大桥

第四辑

天南地北

宁远阅城

在现代社会中，最能真切地呼吸到古代文化的浓烈气息、最能直接地把握到古代社会的跳动脉搏、最能给一般大众带来直观的历史厚重感的东西是什么？我想，大概只能是古城墙了。

那些残存于世的古城墙，它们在经历了数百年甚至是上千年战火的摧残，风雨的磨蚀之后，呈现给我们的那带着深沉的青黝灰黑却又是百般无奈的分化斑驳的墙体，依然是那样的高大巍峨，依然是那样的威武雄壮。那横亘在人们视线内的古城墙，彰显出的依然是当初它那英武高傲、雄视天下的灵魂，彰显出的依然是当初它那桀骜不驯、不屈不挠的个性。

在北京，在南京，在西安，在寿县，在平遥，在大理，在其他一些地方，我曾见过很多这样的古城墙。每当我徜

发表于 2010 年第三期《志苑》杂志。

徉在这些古城墙脚下，抚摸着那些层层累砌的散发着缕缕潮气混和着丝丝霉味儿的古城墙砖时，总是感到遥远的历史一下子被拉近了，贴近得似乎能听到它的呼吸；总是感到不可捉摸的历史一下子变得有形起来，真实得可以直接对话。正是为了唤醒沉睡的历史感，我很爱去有古城墙的历史文化名城走走看看。

这回，我特地从长江岸边来到渤海湾的辽西走廊看兴城古城。

兴城，秦汉时代属辽西郡，因其处于关内外的咽喉要道，是华北平原和东北平原的连接地带，在军事上兵家必争，所以，它自古即为战事频仍之地。作为社会生活在文学上的客观反映，历代诗歌对这一带地域长期的刀光剑影都有着大量的真实的表现。诸如"……搅金伐鼓下榆关，旌旗逶迤碣石间"（高适《燕歌行》）、"碣石辽西地，渔阳蓟北天。关山唯一道，雨雪尽三边"（高适《别冯判官》）、"苍鹰春不下，战马夜空鸣。碣石应无业，皇州独有名"（姚合《赠卢大夫将军》）、"藁砧当此日，行役向辽西"（许景先《阳春怨》）、"短衣防战地，匹马逐秋风。莫作俱流落，长瞻碣石鸿"（杜甫《送舍弟频赴齐州》）、"辽西水冻春应少，蓟北鸿来路几千。愿君关山及早度，念妾桃李片时妍"（江总《闺怨》）等。当然，最为脍炙人口的还是金昌绪的那首小诗《春怨》："打起黄莺儿，莫教枝上啼。啼时惊妾梦，不得到辽西。"这首诗，别看它小，只有短短 20 个字，但是，它却关涉文学上的两大主题：战争与爱情。特别是它的构思独特的文字表现力，既是那么的形象俏皮，又是那么的深刻隽永，直教你过目不忘。

兴城古城，其历史文化虽然久远，可上溯到秦汉以前，但目前我们所能看到的这座城池，却是始建于 1428 年（明宣德三年），后曾毁于地震，但经多次修缮，基本保持原貌。算来它立身于世迄今业已 580 多个春秋了。

兴城之名源于辽代。辽时设的兴城县，治所并不在这里。明朝为防御女真族的袭扰，才建造了这座城池，成为辽东防御体系的一座重要卫城，名宁远卫城，明史上有名的"宁远大捷"就发生于此。

如今，当我们走出兴城火车站，迎面就可以看到广场上矗立着一尊在后金兵锋强盛、明军孤城失援的态势下屡次大败清太祖努尔哈赤、清太宗皇太极的镇守宁远名将袁崇焕的雕像。这尊袁崇焕雕像，双目如炬，神色刚毅，战袍迎风，宝剑出鞘，偎在他身边的红夷大炮昂首苍穹，仿佛炮口上的战争硝烟还没有散尽，更衬托出人物形象的英武之气。这座雕像也从历史的一个横截面透视了兴城古城创建之初衷，那就是军事防御，这才是它的主要功能。

关于"城"字，说文的解释是"从土从成，成亦声，以盛民也"。这里的"盛"，乃容纳之意。正所谓"筑城以卫君，造郭以守民"。由于明朝出于军事考虑，在山海关外"只设卫所，不设州县"，所以宁远卫城建成后所"盛"的并非"民"，而主要是驻军，实行的是军政合一式管理，所以，古城在建筑布局上就突显了这种特色。

兴城古城呈正方形，古城内，东西南北四条大街"十"字相交，把城区均匀地切成了四块。这种简单的切块分割，利于驻军；这种明快的道路干线，便捷交通，对战时的用兵、供给应该是极为方便的。

沿着古城的城墙，有一条"口"字形状的环城路围住"十"字形的街道，使古城的街道布局呈现出一个"田"字形状。在"田"字的十字交叉处，即古城的正中心，有一座标志性建筑，即钟鼓楼。这座钟鼓楼架构独特，其结构可分基座与鼓楼两部分，它的基座亦为正方形，四个城门券洞亦呈十字交叉状而贯通基座连接东南西北门。古城的这种以正方形为基础，以半圆形城门券洞为贯通的建筑格式，突显了一种"天圆地方"的宇宙观，这种宇宙观在古代建筑的风水术中好像受到特别的推崇，北京天坛和地坛的建筑就是一个卓越代表。据说，"天圆"则产生运动变化，而追求发展变化，才会有成就；"地方"则收敛静止，只有静止和稳定，人们才能和谐地生活，这也是"天人合一"理论的一种注解。兴城古城的建筑规划无疑是以此为原则的。

在这正方形基座上建起的钟鼓楼为重楼，气势巍峨。登楼眺望，全城风光尽收眼底。这钟鼓楼的功用当为战时击鼓进军、平时报晓更辰。传说当年明军主帅袁崇焕就是坐镇这里擂鼓助威、指挥作战的。底楼内架有一面大军鼓，直径达 2.25 米，而且是整张牛皮绷制而成，有人说它是亚洲第一。尽管这鼓的制作年代不详，但至少不像是个古物，这样看来，它大虽大，却并没有伴随过铁马冰河的战争厮杀，没有经历过血肉横飞的惊心动魄。所以，从见证历史的角度看，它的意义好像并不大。

而南大街的两座"祖氏石坊"，倒确实见证了一段历史。这两座四柱三间五楼式的以褐色岩石为材质的过街牌坊，是明崇祯皇帝为表彰两位著名总兵祖大寿、祖大乐兄弟尽忠报国有功而建的。牌坊是树起来了，可是，牌坊树起来没几年，这两人却叛明降清了。且不论事情前后的是非曲直，单说那个至高无上的天子，试图以定型的不变的事物来框住或囚住运动中的朝夕变化着的活生生的"人"，其结果必然是徒劳的，甚至是可笑的。这两座"祖氏石坊"就是一个永久的见证。

兴城古城确实保护得不错。首先，是它的一些重要古建筑保护得好，如古城墙、瓮城、钟鼓楼、文庙、城隍庙、督师府、将军府、魁星楼，还有明代一条街等，这些保护得都很好。其次，主要是它的整体保护工作做得还是不错的。我们看到，古城的面积显然不到 1 平方公里，因为这个呈正方形的古城，城墙边长也只有 820 多米。现在的兴城市区面积肯定比古城大许多倍了，虽然它到底有多大我并不知道，但是，今天兴城的发展显然融入了新的城建理念。它避免了因城市的急剧发展而造成人工建筑对历史生态系统和自然环境的破坏。它的独到之处在于：突破了原有的古城框架，在古城本体之外发展新区。这也使得原先的古城逐渐成为新城区的一个心脏而得到更好的保护。

当然，保护与繁荣应该不是相悖的，我们不能把一座活城"保护"成死城。而眼下的古城就显得有些萧条、荒凉、沉寂，人气不旺，不知是不是"保护"的另一个极端所致。

由于古城从整体上保护得不错，基本上还原了一个古城外貌，所以，一些历史题材的影视剧都以此古城为背景来进行拍摄。诸如《野火春风斗古城》《三进山城》《平原游击队》《吉鸿昌》等。难怪我打从第一眼看见这兴城古城，就在视觉上感到那么眼熟，那么亲切，原来，几十年前我就从那些电影上看见过它的形象了。

眼前的古城，城楼高耸，城墙绵延，连同那齿状的城堞，就像是一幅精美的剪纸镶嵌在高高的蓝天。在古城西南的城墙根一带，我停留了好一会儿。据说这里的城墙当年曾被努哈尔赤攻城的大铁车撞开过一个大口子，明军和后金军经三日恶战，后金军败退，"孤城落日斗兵稀"，袁崇焕这才以负伤之躯带领士兵搬运木石，堵塞了缺口。

此刻，我站的地方也许正是当年的缺口之处。我仰面城墙，用眼睛来阅读那挟裹着近六个世纪风云的一块块厚重的城砖；我聆听城墙，用心灵去领略当年大炮轰鸣、矢石如雨的战斗场面；我抚摸城墙，用肌肤来感受战争给人类、给社会带来的惨烈重创。

我站在兴城的古城下，身旁，那古城，寂然无语，凝固如塑，看似无情，听似无声，雁阵飞过，余音横空，既给人以苍凉、空阔、厚重之感，也给人以上下几千年的遐想空间。在这部历史大书面前，该有多少看不透的世道轨迹，又有多少阅不尽的人间沧桑！

我反复咀嚼着这里的地名：兴城——宁远，宁远——兴城。越是细嚼，越有味道。不是吗？只有"兴"，才能"宁"，也只有"宁"，方才能"兴"啊。

大观楼的雨

铺天盖地的雨，打在雨伞上，像是敲着无数面小洋鼓，击在湖面上，又像是传来了隐隐的铜号声。这场雨，真像是特地为我这个远方客人的造访准备好了的欢迎仪式。

四周的金马山、碧鸡山、蛇山、鹤山都在这厚厚的铅色中，隐去了传说中的生动，惟余混沌一片。茫茫的湖面，像是有一块天大的钢化玻璃从仙人手中跌落坠地。转瞬间，迸裂了，破碎了，无边无际的湖面，像是到处飞溅着那剔透的玻璃碴、玻璃碴，不由得不使你产生一种怅然若有所失，绵绵情有所牵的感觉。

这就是大观楼的雨了，这也就是雨中的滇池草海了。

雨，没有半点消歇的意思，一个劲地在下。我打着把伞立在雨中，背后就是中国名楼大观楼。面对着奔来眼底的五百里滇池，尽管我浑身上下被雨水扫湿了，却对这并

发表于 2011 年第 2 期《志苑》杂志。

不新奇的湖水的新奇丝毫不减，忍不住窥视那无法窥视的混沌。

眼前这湖水并不新奇。这片中国南部高原之上的湖水与江南的湖水没有什么二样。风来了，拨浪千层；雨来了，撒豆万顷。更何况，它还曾经有着一个与杭州湖水一样的名字：西湖。古时因其周围数里蒲藻常青，当地老百姓也就叫它草海子或青草湖。

说它新奇，乃新奇在沧桑之间。草海子乃滇池上游，明代时曾是一条人工运粮河道。客旅官商，舟楫往来；桨声欸乃，白帆流霞。"出省城，西南二里下舟，两岸平畴夹水，十里田尽，葭苇满泽，舟行深绿间，不复知为滇池巨流，是为草海。"这是徐霞客所见到的草海子。而眼下却是茫茫一片，不知哪里有葭苇满泽，哪里是两岸平畴。

朦胧烟雨，构筑了这昆明第一名胜无法窥视的混沌。不因无法窥视而窥视，只是我这个旅游者的一种执着。不甘心被雨帘锁住双眼，不服气被混沌蒙住心窍，立在草海子边的旅游者，希冀穿过雨帘，透过混沌，窥视南方高原的湖光山色，窥视记载历史的断碑残碣。

然而，一切的一切，毕竟只能是发之于心，终也失之于目。铅云如幕，大雨如障，我也只好返身走向大观楼。

大观楼，据说初建于康熙二十九年，距今 300 多年历史。它于咸丰六年毁于战火，8 年后，由云南署提督马如龙重建，是为重建之大观楼。

大观楼楼高三层，临水而筑。滇池西陈，西山如黛。试想，那些达官显贵，骚人墨客，高人韵士，平头百姓，每每选胜登临斯楼，晴岚掩翠，晓雾含烟，湖山风景，一览无余，该是何等惬意，难怪前人名斯楼谓之"大观"。

在这临水一面的大观楼门前，立有两根楹柱，柱上垂挂着一副铸铜对联。

上联是：五百里滇池，奔来眼底。披襟岸帻，喜茫茫空阔无边。看东骧神骏，西翥灵仪，北走蜿蜒，南翔缟素。高人韵士，何妨选胜登临。趁蟹屿螺洲，梳裹就、风鬟雾鬓；更蘋天苇地，点缀些翠羽丹霞。莫辜负：四围香稻，万顷晴沙，九夏芙蓉，三春杨柳。

下联是：数千年往事，注到心头。把酒凌虚，叹滚滚英雄谁在！想汉习楼船，唐标铁柱，宋挥玉斧，元跨革囊。伟烈丰功，费尽移山心力。尽珠帘画栋，卷不及、暮雨朝云；便断碣残碑，都付与苍烟落照。只赢得：几杵疏钟，半江渔火，两行秋雁，一枕清霜。

这便是名重海内外的"天下第一长联"了。此联为清代乾隆年间云南道士孙髯翁所作，上下联各90字，合180字。上联写景，下联抒怀。洋洋洒洒，一路道来数百里；上上下下，横贯时空几千年。情景交融，气魄宏大，对仗工整，联庭独步。此联一出，楼以联传，交口称赞，誉满天下。

也不知是何人何时何地，有好事者给它制了一顶帽子：

天下第一长联。不曾想，帽子一上头，从此便滋生出许多"叫板"之客。

时空最近的当数观音寺华严阁的"净乐长联"。全联184字，蓄着心计，上下联就是要比孙联各多2个字。净乐是个僧人，他制长联所确定的字数，就使他的心思不言自明，那就是和尚一定要超过道士，给自己争个第一。长联悬挂之日，净乐一定是很自慰的。

殊不知，向孙联的叫板者，勇争第一者，远不是净乐一人，而是不乏其人，络绎不绝。如四川青城山长联，张之洞长联等等，清末四川著名才子钟云舫已经把长联做到了1612字，文字长度是孙联的8倍以上。

就连清末大学者俞樾也在自己的楹联专著中透露了这样的消息："世传云南大观楼联最长，合上下联亦不过一百八十字，今年湖上彭刚直公祠落成，其湖南同乡撰一长联寄余，点定其联凡二百七十字，余因亦自撰一联，共三百十四字。"稍作浏览，不难发现，俞氏也有问鼎之意。

由此可见，世人有着勇争第一心态的，恐怕不光是那些蹦蹦跳跳身手敏捷的运动员，那些闭目拈须行止儒雅的文士们也没有丝毫地示弱啊，那似乎是半遮半掩的忸怩作态，其潜伏着强烈的夺冠意识可能远远甚于前者。

其实，他们都错了。如果以字数来为长联定"第一"的话，那就永远不会有第一了。今天你超我两个字，明天我超你两个字，这种小学生的加法永远是做不完的。真要评品作品的高下，还是应该从文字本身的内涵，还是要从思想格调、艺术水准、影响所及诸方面来考虑。

文学这玩意儿，硬要按第一、第二来排序，这种做法，恐怕一是无知之至，二是俗气之至，三也是极不智慧的。如果再要以字数来排列一、二的话，那就更是笑话一桩了。

至于眼前的这副大观楼楹联，自问世以来，几乎天下的人都在评品，这本身就说明了它的流传之广，影响之大。若论艺术格调，在数不清的评论中，有两个人的评论较有代表性。一是稍后于孙髯的戴絅孙，他也是昆明人，道光进士，林则徐门生，"五华五子"之一。他对该联的评价是："浑灏流转，化去堆垛之迹，实为仅见。"这个评论中肯实在，虽字数寥寥，但一语破的。再就是现代文学大家郭沫若，他的评论是："长联犹在壁，巨笔信如椽。"所论内容大是大了一点，空也空了一点，但他对长联美文的赞誉是实在的，对作者才气的景仰也是实在的。我想，这就够了吧。

说到该联的影响之广，有一个人是起了推手作用的，那就是道光年间任云贵总督的阮元。此人绝非等闲之辈，他是个封疆大吏，不仅官运亨通，成为一代重臣，同时也是学养深厚的学者，一时之鸿儒。他在任云贵总督时，出于多种考虑，把大观楼的孙氏长联，像改门生的试卷一样，大动刀斧。那经历了时间风雨的磨蚀而脍炙人口的 180 字名联，经他大笔一挥，改动 47 字，超过全联的四分之一。

其实，作为封疆大吏，一个土皇帝，修改一副对联实在是小菜一碟，何足道哉。很有意思的是事件的结果：这边总督走人，那边楹柱上的对联又被重新撤换了。而且还有人作打油诗嘲之："软烟袋（阮芸台）不通，萝卜韭菜葱，擅改古人对，笑煞孙髯翁。"

看看，现实就是这么的无情，社会的不认同，甚至产生逆反心理，当权者奈何？可见，依附于权门的文字，无论你怎样红极一时，其寿命最终都是短暂的。权不寿，依附于权的文亦不寿，历来如此。信否？

这使我不得不想起历史上的另一个大人物，他就是曹孟德的二公子曹丕先生，他早就说过："盖文章，经国之大业，不朽之盛事……是以古之作者，寄身于翰墨，见意于篇籍，不假良史之辞，不托飞驰之势，而声名自传于后。"这实在是一句至理名言，但是世人却常常把"不假良史之辞，不托飞驰之势"给遗忘了，悲哉。

其实，如果从文化的角度看来，阮元改联未尝不是好事。孙髯翁长联问世后，联以楼存，楼以联传，影响甚大，这已经成了大观楼的一种文化现象。阮元改联，更是加大了这种影响。他这一改，就不自觉地把他自己也融入了大观楼文化现象，并成其为一个有机组成部分了。其一，是因为故事本身乐为人道，常为人道；其二，是因为现在大观楼垂挂的长联也还保留下了阮元修改过的痕迹，那就是下联的结句：两行秋（原为"鸿"字）雁，一枕清霜（原为"一片沧桑")。所以，谈到大观楼长联的影响，阮元作为一个推手是合格的，也是功不可没的。

大雨封路，游客不多，我信步登上二楼。楼上，面湖的三扇大窗全然洞开，扶窗四望，云更暗，雨更猛，这时的草海子，倒像是一锅沸腾的粥了。

大观楼上的人尽情地观赏着大观楼外的雨。雨在楼外，楼在雨中，这是一幅多美的画卷。可惜了，我不擅丹青，只能把它画在脑海里，画题就是：大观楼的雨。

晋善晋美山西行

云冈夕照

从北京到晋北的大同本来就是很方便的，老乡的亲戚又为我们的出行提供了私家车，上午出发，半天时间也就到了大同。

一千五百多年前，大同是北魏的都城，时称平城，它是我国北方五世纪前后近百年的封建统治中心。距离大同市西郊 16 公里的云冈石窟，可算是北魏王朝留给后人最重要的帝王工程和形象工程了。石窟的开凿年代大部分完成于文成帝和平年间（460—465）至孝文帝十八年（494）之前这三十多年间。

车抵云冈石窟的停车场。放眼望去，横亘在我们面前的是一截逶迤千余米的略嫌低矮的山势平缓的没有异峰突

发表于 2012 年年第 5 期《志苑》杂志。

起的岗地，这就是开凿云冈石窟的武周山了。据说此地开凿石窟的最高处名为云冈，故统而名之云冈石窟。

这眼前的武周山所呈现给我的感觉是那样的平淡无奇，远没有我想象中的高大挺拔险峻。但是，当我们渐渐地走近它，靠近它，进而仰视它，零距离地抚摸它时，那种感受陡然间出现了高倍的逆差，以至于在一种精神的震撼中，仿佛能听见自己怦怦的心跳声。

云冈石窟依山而凿，主要石窟有 53 个，窟窟相邻，像是一个改变了排列顺序的长条形蜂窝。这里完完全全成了一个佛的世界，大大小小的石雕佛像加起来据说有 51000 多尊。我想，这可能也是个概数，要把它数得那么精确，也不是那么容易的事呢。在这 53 个主要石窟中，开凿最早的是所谓的"昙曜五窟"，也就是我们今天所看到的第 16 窟至 20 窟。据有关文献记载，这五窟就是文成帝和平年间指派高僧昙曜前来主持开凿的。

这些屈居于武周山南崖的佛像石雕，气势恢宏，一个个慈眉善目，举止端严，它在给你以美的震撼的同时，也给你以力的震撼。在这里，占据绝大部分山体的石窟都是很大的石雕佛像，大如巨塔，如第五窟三世佛的中央坐像，就高达 17 米，堪称云冈形象、云冈代表作的 20 号窟前的释迦牟尼露天石雕坐像也是高达 14 米。

为什么要雕刻如此巨大的佛像？从一个普通人来这里的亲身感受就可以推断，那是造像者为了创造一种高不可及的形象，从而使受视者产生一种震慑的感觉，直接作用于人的心灵。使你感觉到在佛的面前，人的可怜和渺小。而造像者为什么还要创造那些小如手掌的佛像，甚至小到几个厘米的，为什么呢？

我想，除了那些表达佛教故事的场面——在那些特定情节的画面中，人物场面不宜过大，过大则易分散受视者的视觉感受，反而不利于教化效果。除此之外，那些石雕小佛像一般来说都不是孤立的存在，而是群龛群佛，成千上万，多得教你数不过来，排列得教你眼花缭乱。这大概也是造像者企图以一种多不胜数的数量，迫使受视者从心底产生一种震慑，使你感觉到这个世界充满着佛的灵性，佛无处不在。而你，却只能永远被佛包围着、统治着、主宰着。让你感觉到在这个佛的世界面前，作为芸芸众生的人的势单和力薄。

我们完全有理由认为，在当时，把佛教作为国教的北魏王朝，皇家正是为了弘扬佛法，使之达到教义永恒，皇权永存的目的，他们才不惜劳民伤财，耗巨资，费时日，营造如此浩大之工程。芸芸众生在这些高大和众多的佛像面前所产生和表现出来的那种心灵的震慑，如果能起到人心对现实的皈依和顺化作用，大概是造像的决策者所期待的最佳效果了。

21世纪初，云冈石窟被列为世界文化遗产，其主要原因当与法国总统蓬皮杜在20世纪70年代初到中国来访问时，在云冈所受到的震撼有着一定的相通之处。他曾在云冈感叹，这是"世界上最壮观的艺术高峰之一"。

在这个"世界上最壮观的艺术高峰"面前，我们首先应该感谢的是那些美的创造者，艺术高峰的攀登者。尽管，他们没有留下自己的姓名。但是，无疑，他们都是那个时代最富于创造性的杰出的艺术家。没有他们的创造性劳动，就不会有云冈这片美轮美奂的彩云，就不会有如此众多的震撼古今的艺术杰作。

唯一留下名字的是那个主持"昙曜五窟"开凿的高僧昙曜，也许"昙曜"这两个字并不是他的名字而是法号。且不管怎么说，他总算是云冈石窟数以万计的创造者当中，唯一留下文字符号的人。不应排除，这个主持高僧本身就是一个精通美术的艺术大家。如果，他没有精湛的艺术造诣，没有达到具有相当社会影响力的艺术认同，文成帝大概也不会把这个差事交给他的。所以，不管怎么说，云冈千古，这个昙曜也就跟着千古了。

正是从这个意义上说，我们也不能不感谢云冈石窟的首倡者、决策者们，如果不是他们，也就不会有当时那些雕刻艺术家们能工巧匠们发挥艺术天才、发挥高超技艺的平台。这些艺术家们无与伦比的天才和技艺，也许就"埋没随百草"了。我们感谢那些决策者，不是感谢他们开凿石窟动机，而是感谢他们汇集、造就、使用了那样一批顶级的石雕艺术家，并通过他们创造了如此众多的达到世界石雕艺术顶级水平的传世杰作，感谢他们由此而带来的光耀千古的客观社会效果。

是的，今日一般的旅游者到此所能感同身受的，就是目睹一回我国古代雕刻艺术的瑰宝。体会一下当年的艺术大师们，是如何把没有生命的石头，雕刻成怎样一种永生的形象；如何把那自然界粗糙的物质，雕刻成怎样一种深邃的思想；如何把那平凡的山体，雕刻成怎样一种无尽的时光和不灭的记忆。他们的惊讶，他们的好奇，他们的欣赏心理，这一切都与凿窟造像者的初衷一定是大相径庭的。至少我们可以断言，当初的营造者绝不是为了展示艺术、展示美而进行投资的。

离开云冈，横亘在我们视线中的武周山正罩在灿烂的夕照之中。夕阳与朝霞的不尽循环，留给人类最美的，也是最实在的就是光芒。云冈的这片耀眼的光芒，我们要尽情地享受，更要尽责地守护。

恒山途次

随着快门闪动的瞬间，我已和标有"北岳恒山主峰"几个大字的石碑被定格在摄影胶片上了。被定格的，还有黄土高原上的那游移不定的白云，那呼啸不止的山风，那秀色可人的灌木丛，以及那似乎要淡出视线的塞外远山。

都说是恒山有十八胜景，只可惜我们这一行人，从进入山门开始，就步履匆匆，不像是在游山玩水，倒像是在行军赶路。虎风口、悬根松、果老岭、姑嫂崖、苦甜井、会仙府、琴棋台，这些景点，一一擦肩而过。来不及欣赏，来不及品味，一路蜻蜓点水，全程囫囵吞枣。最多只是在有明显特征的且具有代表性的景点旁照个相，留个影——像是开具了一张曾经到此一游的证明，然后又匆匆向前赶路了。

人在旅途，常常免不了一个"赶"字。我们只打算在恒山逗留三四个小时，想赶在日落前到达五台山的台怀镇风景区。

然而，我们既来到了北岳，就不能不登山；既登恒山，就不能不上恒顶。这上上下下一个来回得好几个小时，就不能不赶时间了。有了心存赶路的念头，必然要失去那份不急不迫的从容，那份散漫无虑的闲逸，那份探幽寻奇的细致。也许，人们常说的悠哉游哉，大概就是这个道理了。没有悠哉，岂有游哉？可见，悠游是相连的，悠游是相通的，悠游更是相伴的，如影随形。而从容，还真是悠哉游哉的一种表现形式。

当我带着一身的汗水登上恒顶天峰岭的那一刻，放眼四望，一下子就明白了"眼界高时无物碍"的哲理原来是这般的浅显，此语若是平时道来，绝没有眼下的感受来得这么爽气。

明代万历年间的一位进士登北岳时曾留下这样两句诗："极目不知千里远，举头惟见万山低。"我猜想，这两句诗一定是在天峰岭上得到的。也许，诗人就曾经站在我现在这个位置，鸟瞰过塞北风光。完全有这个可能。我这样说，并非否认不上天峰岭，就做不出这两句诗来。只是，那样一来，就真是在"做诗"了，为"做诗"而搜肠刮肚，理性必然重于感性，想象必然大于亲历。而此诗中的"极目"和"惟见"四字，则是非常直白地流露了它的感性成分。不登上恒顶，是很难拈出这四个字来的。而且，据我推想，所有到过恒顶的人，大概都能印证这种登高望远、心胸开阔、耳目一新的感受吧。

当然，这还仅仅是自然层面的感受。如果上升到对社会、对历史、对人生的感受，那就要靠各人的知识和阅历去补充了。

在这天峰岭，你完全可以发思古之幽情。面对这山势雄峻、关隘险要的绝塞名山，你尽可以想象古代强悍的北方异族如何在这里飞骑扬蹄逐鹿中原，你尽可以想象历史上分裂的南北政权如何在这里摆开争夺天下的古战场。而对这些，我们都没有太多的思考，我们还要匆匆赶路哦。

虽说上山没有那份从容劲儿，但是在上山的途中，我却意外地领略到了一种从容的境界。那境界是由一座古庙院门上贴的对联带给我的。联曰：古庙无灯凭月照，山门不锁白云封。对联入目，先是一怔，继而一震，它一下子就把我带入了一种从未领略过的从容之境。

试想，明月照着无灯的古庙，权当为古庙点灯；白云封住不锁的山门，强如给山门加锁。这动中之静和静中之动的交相作用而构成的那种从容境界，对于像我这样一个整日里在红尘中急匆匆赶路的过客来说，确实受到了一种震撼。我记下了这两行文字，就是想把这种震撼的感觉保存下来。

下得恒顶，回到山门前的停车场，我们打了个的士，准备去五台山。当然，在离开恒山前，我们定然是不会忘记恒山十八景中最为著名的一景，也就是徐霞客先生叹之为"天下巨观"的悬空寺。

我们和小车司机谈好行程，请他的小车绕道而行。很快，车子把我们带到了金龙口峡谷。

"西崖之半，层楼高悬，曲榭斜倚，望之如蜃吐重台者，悬空寺也。"300多年前徐霞客先生的《游恒山日记》，这时成为我们最好的导游。

悬空寺果然凌空飞入了我们的眼帘。

嗬，好一座巧夺天工千年古寺！只见绝壁之上，层楼重叠，殿宇错落，栏柱朱丹，檐牙翼然。它上不着天，下不着地，像是从天上飞来，又像是往天上飞去。

这正是它的构思之奇特、之精妙、之超凡脱俗之处，其后一直为历代所惊叹不已。这种构思和设计，据说是体现了"上延霄客，下绝嚣浮"的道家思想。有关学者考证，悬空寺建于北魏后期，几乎与云冈石窟同时，这真叫我们对北魏文化肃然起敬。它们给冰冷的石头赋予了生命，赋予了激情，寄托了情感，寄托了思想。把崖石雕刻和崖石建筑做到了这样一个无与伦比的极致，真正是太了不起了。

悬空寺的整个建筑群约有四十多间房屋，都建筑在离地面足有数十米高之处。它们依岩结构，层楼曲榭皆建在凹陷于近乎垂直的绝壁腹地。由于建筑群的升高和缩后，绝壁上方的雨水冲不到它，山下的洪水也淹不到它，塞北的狂风那凌厉的锋面也扫不到它。而且这西崖绝壁处，日照时间短暂，冬季甚至不见阳光。凡此种种，对于延缓古寺的风化都有着极大的好处。这也正是悬空寺面世一千四百多年来，主体结构没有遭到毁坏的主要原因。

有人把悬空寺比喻为一幅挂在山崖上的古画。这的确很形象，但总觉得过于平淡。因为任何画子都是平面的，而眼前的悬空寺给人的感觉却是多维的：思想的、艺术的、建筑的；历史的、社会的、人生的。

在这里，你所感受到的不仅仅是艺术大师们独到的审美眼光，以及他们那浪漫和奇特的设计；还应该能感受到建筑大师们的高超技艺，以及他们那精巧布局与匠心独运；更应该能感受到设计者们科学的时空思维和严谨的选址安排。

我们朝悬空寺山门前缓步走去，只见周围停放着不计其数的大大小小车辆，太多太多的游客一簇簇地聚集在那里，购买门票的队伍排得神龙不见首尾。除了游客很多这一因素之外，又由于古寺悬挂在绝壁之上，殿宇的进深很浅，连接殿宇的栈桥道路又是逼仄逼仄的，所以入寺游客的容量受到了绝对的限制，每批只准进 60 人（听说以前每批只准进 30 人）。看着眼前这情形，司机告诉我们：根据今天的游客量来看，没有两三个小时是进不了寺门的。这话说到了我们的痛处，我们确实没有时间在这里等待下去。

大家掏出照相机，以悬空寺为背景，忙着摄影留念，也是在忙着开具了几张"到此一游"的证明。

此时，对于我们来说，这悬空寺确实是成了一幅挂在绝壁上的古画，可远观而不可近玩矣。

为时间所迫，我们仅有站在山崖下翘首观摩这幅古画的福分了。虽说我们也开具了几张"到此一游"的证明——几幅以悬空寺为背景的留影，但由于失去了充当一回行走于悬空寺栏柱间的画中人的缘分，毕竟成为恒山途次的一大遗憾。

离开恒山，我们一路朝五台山奔去。由于疲劳，我们在车上都昏昏欲睡。当我们的小车行至大营至砂河一段公路时，遇到了很多很多的车辆在堵车。起初，也没感到有什么了不起，不就是堵车吗？公路上堵车应该不算是稀罕的事，我们也没放在心上。

我们的小车就在那些瘫痪车辆的空隙间左弯右拐地绕道前行。渐渐地，我们发现不对了，这些堵道的车辆怎么没有个尽头呢。这时，我们才把注意力转移到这些堵道的车子上来了。

这一看，还真叫我们傻眼了。这些堵在公路上的完全是清一色的20轮以上的超重型货车，都是运煤的。所不同的是，两条车道，上行的都是空车，下行都是实载。这两条车道已经全部瘫痪，老半天也不见动弹一下，那个车队才真叫是车队，前方看不到头，后面看不见尾。我们的小车子夹在车队中左冲右突，绕着弯子前行。走了很长很长时间，再一看，那静止的车队仍然是神龙不见首尾，所见到的还是那些望不到头的庞然大物横在我们面前，我们好像永远也超不到煤车队伍的前头去。

这时，那位的士师傅说话了：我没告诉你们，是想抓紧时间超到前面去，这段公路堵车，一堵就是一两天，那是常事。

小车又走了多长时间，我不知道。我只知道，最终，我们是超到前面去了。司机看了看里程表，咳，这一段堵车的路程竟有20公里！20轮以上的超重型货车，一辆挨着一辆地连接20公里，而且是双道。壮观不壮观？山西这个大煤都，确实是名不虚传，仅仅这番煤车大检阅，真就叫我们大开了眼界，我们无不为这煤都的冰山一角所呈现的壮观的景象所折服。对于那些没有机会见到这种场面的人来说，应该也是遗憾的，这样一想，我们也就少了一点先前遗憾。

车过砂河，一路走得很轻松。我们翻过了一座又一座的山梁，未等红日西坠，怀台镇就在前面了。

蔚蓝的大海好洗尘

我徜徉在美丽的南海边。

海水，湛蓝湛蓝。那份蓝，没有勾兑半点的浮躁或飘忽，有的只是深沉或深奥，深不可测，幽不可窥；那份清澈，没有掺和一丝儿杂质，透明透明的，直叫你从心底蓦然涌起种种关于"纯"的概念联想——纯净、纯真、纯洁等一切以"纯"为词素的构词。

海浪，在有节奏地起伏，一浪一浪，一浪一浪，似乎从来就没个开始，也永远没个结束。那是一个巨大的生命体的呼吸，沉浮乾坤，吞吐日月。尽管，那呼吸有时显得有点急促，有时甚至是咆哮，但无论是怎样的形态，它所呈现给人们的是壮阔、壮美、壮丽，是无垠、无疆、无限，是博大、是宏伟、是深邃。

站在大海的边上，你会感慨宇宙之无限、时空之浩瀚，叹息人生之渺小、生命之短暂；站在大海的边上，你会收沧桑于胸怀、拥率真于自然，鄙人欲之无聊、抛俗念于身外；站在大海的边上，你的大脑一时间或许也像涌进了海水，会对纷繁而精彩的现实世界产生短路，一时出现感观和视觉的空白；站在大海的边上，你的大脑或许又像显影液中的相纸，对生命深层的认识图像的显示越来越清晰。

追着椰林的斜阳，踩着黄昏的沙滩，用不了几步，我就踏进神往已久的"外婆的澎湖湾"。我曾经惊叹一首《外婆的澎湖湾》何以风靡了几代华人，而且，肯定还将被后人传唱下去，成为传世之作。澎湖湾只有一处，有几人去过？歌词中的外婆、老船长，谁又见过？为什么大家唱起来那么亲切？为什么大家唱起来都能产生共鸣？当然，这主要还是文学的力量。注入在歌词中的有这海边景物永恒的特定元素——阳光、椰林、海浪、沙滩，有繁衍生息在大海边的人和他们的活动——我、外婆、老船长，矮墙、拐杖、脚印、笑语。这种人际关系及其日常活动所带给人们的生活体验和联想是不分地域、不分性别，也是不分老幼的，这是歌词的灵魂；尤其是氤氲在歌词字里行间的情绪更是具有普世性，那一丝丝怀旧，那一缕缕惆怅，既有一种追念之情，也是一番憧憬之思。那种掀开记忆帷幕中一角的美好情绪在明快的充满着欲罢不能的情感的旋律中得到比现实生活更为美好的充分的展示和升华，这成为在歌词血管中奔涌不息的血液。只要这血液在流动，它的生命就不会停止。

白花花的海浪急匆匆地追上岸来嬉戏，倏忽又悄悄地退去。退去又涌来，涌来又退去。忽然，在那惊涛骇浪的海水中，我好像看见了一条金鱼，它调皮地摇着小脑袋，扑喇喇地摆动着它那长裙子般的漂亮的小尾巴，向着碧蓝的海水深处游去、游去……

这时，我好像听到一个苍老的声音伴着海浪传来，那是俄罗斯的伟大诗人普希金在给我们讲故事，那是一个非常有趣的童话故事：

从前，有个老头儿和他的老太婆
住在蓝色的大海边；
他们住在一所破旧的泥棚里，
整整有三十又三年。
老头儿撒网打鱼。
老太婆纺纱结线。
有一次老头儿向大海撒下渔网，
拖上来的只是些水藻。
接着他又撒了一网，
拖上来的是一些海草。
第三次他撒下渔网，
却网到一条鱼儿，
不是一条平常的鱼——是条金鱼。

随着金鱼的落网，神奇的故事正式上演了。

金鱼跟人一样开口说话了：

"放了我吧，老爷爷，把我放回海里去吧，

我会给你贵重的报酬：

为了赎身，你要什么我都依从。"

老头儿吃了一惊，心里有点害怕：

他打鱼打了三十三年，

从来没有听说过鱼会讲话。

他把金鱼放回大海，

还对她说了几句亲切的话：

"金鱼，上帝保佑！

我不要你的报偿，

你游到蓝蓝的大海去吧，

在那里自由自在地游吧。"

　　听到老头儿无偿地放生，惹得老太婆大为光火。她一次又一次地逼着老头儿去向金鱼索要好处。第一次，老太婆让老头向金鱼索要一只洗衣盆。得到新洗衣盆后，老太婆骂得更凶，第二次让老头向金鱼提出要一座木屋。有了新木屋后，老太婆还是破口大骂，第三次让老头向金鱼提出她要成为世袭的贵妇人，住进豪华的高楼大厦。老太婆在如愿地住进金碧辉煌的高楼，成为贵妇人的两个星期之后，第四次让老头向金鱼提出她要做女王——她的妄想又实现了，成为至高无上的女王。两个星期后，老太婆第五次让老头向金鱼提出她要当海上女霸王的要求，并要金鱼亲自侍奉她，听她使唤——迫于无奈，老头儿又来到大海边。然而，这一次——

> 金鱼一句话也不说，只是尾巴在水里一划，
> 游到深深的大海里去了。
> 老头儿在海边久久地等待回答，
> 可是没有等到，
> 他只得回去见老太婆——
> 一看：他前面依旧是那间破泥棚，
> 她的老太婆坐在门槛上，她前面还是那只破木盆。

这就是最后的结果：金鱼不但没有答应她的要求，还收回了以前送给她的一切。

看起来，这仅仅是一个童话故事。它很浅显，一如这蓝蓝的海水，海水下的礁石、沙子、贝壳历历可见；它也很深奥，亦如这蓝蓝的海水，深不可测，如山的浪涛也只是它肤浅的容颜。

有人说这故事是讽刺了沙俄贵族的贪婪，大概也没有什么不对。但是，我觉得故事的主旨绝不止于此。普希金讲的这个故事，听众对象应该是整个人类。这里，他诠释了一个亘古常新主题——欲望，人类的欲望。故事的主旨

是通过人类欲望无限制无止境的膨胀所带来的最终结果，好像暗示了人类的宿命。其思想容量之大无所不包，其触角延伸之广无处不在。人类的欲望有一个永不疲倦的层层升级的本能冲动，冲刺已知的"最高"，横扫未知的"更高"。作为人类的个体，个人的欲望膨胀所带来的最终后果人们在现实生活中看到的太多太多，但那些毕竟太渺小太渺小，无须去说。而这种由无数个有作为的个体在衣食住行、名誉地位、财富权力、吃喝玩乐等需求上层次不同程度不同的永无止境的晋级和永无止境的贪婪，必将带来一种永无止境的社会需求，甚至是误导为人类的整体需求，从而导致社会的畸形发展，于是，暴力、掠夺、战争、破坏、耗竭资源、污染环境，不计代价，不计后果。当世界能够承载这些需求时，人们普遍地会认为那是一种进步。你看，破泥棚变成了新木屋，进而变成了高楼大厦，由贫而富，由破而新，是不是一种进步？纺纱绩线的老太婆变成世袭的贵妇人，进而成为至高无上的女王，由下而上，由贱而贵，是不是一种进步？应该说，在一个特定的历史进程阶段中，恐怕是没有人会否认这一点的。然而，人类的活动舞台是有极限的，那种永无止境的欲望升级所带来的潜藏着巨大破坏性的社会需求的运行和恶性循环，在达到了某种极限，在达到了地球或宇宙不能够承载其重之时，结果又将是怎样呢？普希金似乎是通过这个故事给出了一个简单却又耐人寻味的答案：一切又回到了从前。

听故事喜欢追根的孩子也许会发问：一切回到了从前，那以后又怎么样了呢？普希金把这个悬疑留给了世人。我们可以想象，第二天，太阳还没露出海面，老头儿又去打鱼了，她的老太婆坐在门槛上，前面还是那只破木盆。他们希冀着再打上一条金鱼，他们还要一次又一次地重复着那些仿佛是前世曾经得到过的梦想，他们不会放弃任何一次美梦成真后的更高追求，以至一生一世，一代一代……

这又不能不使我想起了希腊神话中关于西西弗斯的传说。传说柯林斯国王西西弗斯死了以后，获准重返人间去办差。当他看到人间的大好美景之后，就再也不愿回到黑暗的地狱了。由此他触怒了众神。神决定对他予以严厉惩罚：把一块巨石艰难地推上山顶，巨石被推上山顶后，又因其自身的重量复从山顶滚落下山。西西弗斯再走下山去又把巨石重新艰难地推向山顶。屡推屡落，屡落屡推，周而复始，永不停息，以至无穷。诸神认为，这种无效无望的劳动是对西西弗斯最严厉最可怕的惩罚了。当然，也可以想象，诸神对西西弗斯惩罚的最终目的是什么呢？大概是要他有所醒悟吧：你不是贪恋人间吗？诺，这就是。

古往今来，有一个问题好像一直困惑着人类。那就是，作为一个人，当他赤身裸体来到这个世界，劳作一生，最终也还是两手空空而去，那么，生命的意义究竟何在？一定要把这个问题弄通吗？好像又没这个必要，似乎不要思考这个问题反倒是活得更轻松些。看看西西弗斯，他明明知道劳而无功，却还是朝着不知道尽头的痛苦而努力，没有怨恨，没有犹豫，艰难地重复着推动滚石的劳作。他有过关于意义之类的思考吗？书上没有记载。他只是在埋头劳作！埋头吃苦！或许，滚石上山的过程足以使他的内心感到充实，他正是在这种永不停歇的重复劳作中体验到了作为一个人的幸福？或许，这正是他的精神世界的追求，他把这种本来毫无意义的无限重复的劳动，变成了自己的事业，而这又构成了他的一种英雄主义情结。如此等等，所以，他留在了人间。

或许，这个神话传说需要引起我们重视的倒是：诸神对西西弗斯的惩罚是因他对人间的留恋，西西弗斯的滚石劳动是不是也在暗示着人类的宿命？如果是这样，渔夫和金鱼的故事与西西弗斯的传说应该是能够相通的。人类每天都在上演着规模不等的版本不同的渔夫和金鱼的故事与西西弗斯传说的连续剧，而我们，说不定都在其中扮演着我们所热衷扮演的角色。

徜徉在美丽的南海边，哼着《外婆的澎湖湾》，咀嚼着普希金讲的故事，重温着西西弗斯的神话传说，眼前是不尽海水连天碧，心头是烦恼忧愁俱忘怀。

沧海横流，气象万千，波涛翻卷，浪尖堆雪，面对大海的那份感觉真好。是啊，在西西弗斯们滚石上山的道路上，随着步换景移，利用一点时间，欣赏欣赏沿途的风景该有多美！

　　下海游泳的人很多。到底还是耐不住那湛蓝湛蓝的海水的诱惑，我也扑进了大海。就在肌肤接触海水的刹那间，一种感觉如流星划过脑际：哈，扑进大海，是自我与自然的亲近，是滴水与沧海的融合，是渺小与浩瀚的拥抱，是瞬间与永恒的交臂。

　　管他呢，扑进大海，让这滔天的海浪对人们污秽的躯体来个彻头彻尾彻里彻外的冲刷吧，蔚蓝的大海好洗尘。

黄河故道梨花香

砀山的四月，熙熙攘攘，天下的花都到这里来赶集斗艳！

四月的砀山，白浪潮涌，地上的海都到这里来汇聚成花！

昨天，我还在为专程千里来赏花，是不是有点奢侈的意味犯疑，今天，当我置身于这一片梨花的海洋，看到的只是潮涌浪翻的白梨花，"一片汪洋都不见，知向谁边"？呼吸到的是直叫人浑身酥软酥软的白梨花的芬芳；享受到的是人的精神层面上猝然而至的一场盛宴，感受到的是美感阅历中的全新体验；甚至升华到一种至善至美的人生境界。我这才感到不虚此行！

我们乘着车，沿着黄河故道徐徐而行。乘车观花自有乘车观花的好处。车内的人，透过车窗好像在观看梨花盛

发表于 2012 年第三期《安徽高速》。

开的宽银幕电影，随着车轮的滚动，车窗的画面也在平行地移动着，变换着；行进中的车，以一个想象中的角度来观察，它在这无边的花海中劈波斩浪的姿态就好像是一个搏击在峰谷浪尖的海洋生物。融入那无边无际铺天盖地的梨花盛开的情境中去想象一下，难道不是吗？

我们也不时地停下车来，走进花事正盛的梨园。或是寻找角度，拍个照片；或是扶枝观花，零距离欣赏。梨花开起来不像是桃花、梅花、月季花，那些花都是最简单的花序形式单生花，一个茎上就一朵花，而梨花却是伞房状总状的花序，花轴不分枝，一个花簇由许多带柄的小花组成，小花的花柄长得一样的长，整个花序形如伞房状，很像是一组组白色的蛱蝶的枝头芭蕾，别有一番观赏的魅力。

梨园里，果农们正在忙碌着。有的正在做保果的药剂喷雾，那笼罩着一树树白梨花的水剂，如烟如雾，如幻如梦；有的正在采集花蕾，准备人工授粉。干这活儿的大多是女性，不少还是中老年妇女，她们在梨树的枝丫上爬上爬下采摘花蕾，身手矫健动作敏捷，她们的身上强烈地散发着劳动者强健的活力，流露着这些劳动者与那些年代久远的梨树相生相容相亲相乐的自然之美。

砀山有"梨都"之称。五十万亩连片梨园堪称世界之最。黄河故道两岸的梨树林带正是这一世界之最的主体部分。据说梨子的栽培在中国已有两千多年的历史，但砀山梨的发端尚未见之于史籍。不过，有一点几乎可以肯定，那就是砀山梨的历史是悠久的，尽管具体年代不详，而且，它还有皇家的贡品身份。支撑这一结论的就是砀山的物质文化遗产和非物质文化遗产及其影响范围之巨。大量的民间故事、民间传说、民间歌谣应该不是空穴来风；砀山酥梨的味道、口感、营养价值、药用价值，可以说是有口皆碑；特别是这些生长在黄河故道上的铁干嶙峋的老梨树，它们袒露着胸怀，以老者的口吻向人们讲述过往的朝代更迭，描摹目睹的沧桑之变。

砀山酥梨为什么那么好吃？砀山梨园为什么有如此大的规模？恐怕一是离不开自然条件，二是离不开社会因素。砀山处于黄河故道上，最典型的土壤是沙土和飞泡沙土。我们注意观察了一下，从沟沟坎坎的土层剖面来看，这种土层很厚，无疑是千百年来黄河频繁泛滥冲击而形成的。黄泛区极适合生长梨树，专家认为飞泡沙土是以黄泛冲击物为母质发育而成的，这种河水沉积的土壤土质细腻疏松，通透性好，极利于酥梨根系的生长发育。眼前这浩瀚的梨花海，似乎就是对这一说法的印证。

黄河故道的梨花是一个气势磅礴的大景观。枝枝是景，树树是景，片片是景。那些梨花，横看排山倒海，竖看天女散花，近看蛱蝶闹春，远看云卷云舒，真正是远近高低各不同。徜徉其中，花我两忘。什么瑶池烟霞、古渡晓月，什么武陵胜境、鳌头观海，那些大景观中的小景点正等待着观赏者去发现。你完全可以打开所有想象的闸门任其驰骋，放飞所有想象的翅膀任其翱翔。

在黄河故道南岸的良梨镇良梨村郭庄村东便是著名的梨树王景区了，相传这里还曾是乾隆皇帝品尝酥梨的地方。在这个地方，我被那些称王称霸的高龄老梨树深深地震撼了。在这上百亩的梨园里，全是清一色的老梨树，树龄都在百年以上，被号为梨树王的那棵梨树已经有 180 多岁了（一说 300 多岁），枝干铁骨嶙峋，树冠占地三分，年产酥梨 4000 余斤。它通身上下虽是写满沧桑，却是劲拔挺立，真是愈老愈见精神，愈老贡献愈大。据说像这样的高龄梨园在良梨镇境内有近万亩。这可真是一个了不得的数字，其意义更在于传承和发展的贡献。在我们以及我们的子孙后代充分享受砀山酥梨果实的今天，不能不对当初的那些种植者、管理者、传承者表示深深的敬意和不尽的感恩。

美是诗的媒介，也是诗人的催情剂。古往今来表现梨花的诗多不胜数。"梨花一枝春带雨"美不美？美！娇美！甚至给人一种怜香惜玉之感。但这又恰恰是它的不足了，缺少的是大气。很多写梨花的诗都有一个共性，那就是喜爱把梨花比作雪，名家大家亦是如此。如"闻道郭西千树雪，欲将君去醉如何"（韩愈）、"砌下梨花一堆雪，明年谁此凭栏干"（杜牧）、"梨花雪压枝，莺啭柳如丝"（温庭筠）、"常思南郑清明路，醉袖迎风雪一权"（陆游），等等。当然，也有另辟蹊径的，有的把梨花比作白玉，有的把梨花比作白蝴蝶，等等。独辟蹊径的大概要数白居易了，

"最似孀闺少年妇，白妆素袖碧纱裙"，在这里，他把梨花比作死了男人的少妇的孝装，这大概是一般人接受不了的。表现与梨花相关的诗最脍炙人口的还是岑参的两句："忽如一夜春风来，千树万树梨花开。"清新洒脱，自然明快，气象宏大，其普及性大概是达到了妇孺皆知的程度。其实，这两句诗本是边塞诗人通过比喻的修辞手法来描绘我国西北边疆八月飞雪的景象的。比喻的本体是雪，喻体是梨花。表现雪是诗人的主观创作意图。然而后世的人们在赞美梨花之盛时常常引用它，这就多多少少有违诗人的本意了。不过，把梨花比作雪和把雪比作梨花，在国人的创作实践中已经是习以为常了，这种本体和喻体恰到好处的不带一点牵强附会味道的自然互换，在比喻这一修辞手法的成例中并不多见，这种常见的 AB 互比在某种意义上体现了诗人艺术感受的共性。如同样是一个把雪比作梨花的岑参，他在另一首诗中又把梨花比作了雪："梨花千树雪，杨叶万条烟。"这不是江郎才尽，而是这一特定的且很狭窄的喻体范围内的最佳选择。

百里黄河故道，百里梨花飘香。这些日子，砀山县正在举办梨花旅游暨民俗文化节。办节在眼下虽说是一种时尚，但要把节办得不落俗套，办出特色办出品位来，实非易事。砀山的梨花节，万顷梨花既是大明星，也是大背景，它融入了春日踏青、寻乐农家的旅游文化，融入了故黄河岸边"斗鸡、斗狗、舞龙、舞狮的"风俗展演，雅俗共赏，老少咸宜，确是别具一格。有人说，现在的砀山是秋天卖梨，春天卖花。好一个"卖花"，形象、鲜明，新的景象体现了新的观念，新的观念又反映了新的时代特点。再者，"卖花"市场的形成和发育壮大一定是以赏花群体的膨胀发展为基础的，它也反映了一种新的生活水准的提高。君若不信，请看黄河故道上鱼贯而行的挂着各地车牌的赏花车辆，还有那些联袂接踵徜徉在梨园中的男男女女老老少少的游客。

百里黄河故道，百里梨花画卷。砀山，它已经成为地球上最大的一个展示超巨幅梨花画卷的画廊。有幸的是，今天我们不但成了这幅巨作的观赏者，还成了这幅画卷的画中人。当然，这幅煌煌巨作的作者无疑是那些终日侍奉这片土地的人们。

百里黄河故道，百里梨花情怀。砀山的梨花，笑脸盈盈，张张笑脸传递着对生活的美好感受；梨花的砀山，春深似海，明媚春光昭示着大时代的卓越风姿！

朋友相约，秋后再来。说实话，这是一个极富诱惑力的约定，当然也是一个并非容易兑现的约定。不过有一点是可以肯定的，那就是我们在秋后一定都可以吃到砀山酥梨，全国的水果市场应该都有。只是，你咬的那颗酥梨是不是从梨树王上摘下来的，恐怕就要看你的运气了。

独步达坂城

达坂城距离乌鲁木齐市不到 90 公里，有区间公交车可通，车子的成色也都很新，单程车票只有十四块五，一个来回的路费也只有两三公斤葡萄的价钱。不知怎么的，这趟车的乘客好像不多，在乌鲁木齐上车时就十来个人，到达终点站达坂城，只剩下四五个人了，而且除了我这个外地人以外，都是本地人。

与其说我是直奔达坂城而来，不如说我是直奔王洛宾而去。一首《在那遥远的地方》在我的嗓子眼里哼了六十几年，一首《达坂城的姑娘》更叫我喜欢上了那个充满幻想又出语霸气的马车夫。当有一天，这些熟悉得不能再熟悉，好听的叫人百听不厌的歌曲，将某某地方民歌的原署名改作者为王洛宾时，我真的懵了。王洛宾是谁？是历史上哪个时期的人？后来听说了这么一个故事，有一个年轻的歌手举办了一场独唱音乐会，他的曲目中有一首《在那遥远的地方》，演出结束后，一些领导、专家上台与其握手祝贺，一个留有山羊胡子的老人在与歌手握手时说的第一句话就是：你跟我年轻的时候长得很像。第二句话是：你把我的歌唱的不准确。接下来，就有了他两人的这样几句对话：

"你是——"

"我是王洛宾。"

"我以为——"

"你以为我死了，对吗？"

"我真的以为是一个很遥远的人写的。"

应该说，歌手那说半句忍半句的话确实是发自内心真实的感受。他们的会面，颠覆了歌手关于这首歌以前的认知，这首歌作者的从天而降实在更是大大出乎歌手的意料之外。是的，如果没有改革开放的大背景，全国能有几个人知道，《在那遥远的地方》的作者其实今天还和我们头顶着同一片蓝天。如果没有改革开放的大背景，有几人知道他早在二十世纪三十年代就和当时著名的进步文化人士在山西、西安、兰州等地积极宣传抗日活动；又有谁清楚他既当过军阀马步芳军队的音乐教官，也当过中国人民解放军的文艺科长，军区文工团副师级文艺顾问；又有谁知道在他八十三年的生涯中竟坐了十九年的大牢。从我们后来了解到的王洛宾的故事看，这个音乐奇人居然还能健康地活到耄耋之年，的确是一个传奇。一个带有鲜明的时代色彩的传奇。

这次，我直奔达坂城而来的目的，就是想看看这首蜚声中外歌坛的名作给作者留下了些许怎样的印记。

达坂城今天是乌鲁木齐市的一个辖属区。来到达坂城一看，发现它根本就不是什么"城"，也就是一个普通的小镇。不过且慢，清朝乾隆年间在这里确实还造过一个城池，叫嘉德城，但城里没有老百姓，那只是一个军队驻扎之所。由于它的地理位置处在天山山口，突厥语"山口"之意叫"达坂"，故达坂城可直译为"山口之城"。达坂城称谓也正是源于此。

在达坂城，我花了一点时间把全镇的街道跑了个遍，这里似乎没有任何有风土特色的建筑。听说地方上建造了一座王洛宾纪念馆，但是在哪儿呢？我还真的没有找到，只是在一个空无一人的院落里看到了"达坂城的姑娘"雕塑。据说同一题材的雕塑作品有好几个，作为达坂城象征意义的雕塑，我这次看到的作品实在不敢恭维，人物形象有点呆板木讷的感觉。不管怎样，这是我在镇上所看到的唯一与王洛宾有关的东西。此外，还听到一个与王洛宾相关的非物质的好东西。它好就好在：一、无须花费一毛钱投资；二、就是花再多的钱也买不来。这就是，当地政府在1994年聘请王洛宾为达坂城荣誉镇长。

我想，可以肯定地说，一方面，是达坂城诞生了《达坂城的姑娘》，没有达坂城就没有《达坂城的姑娘》；另一方面，也可以这样肯定地说，是《达坂城的姑娘》赋予了达坂城永远芳华四溢的青春，成就了达坂城闻名遐迩的美誉。从这个角度看，没有《达坂城的姑娘》就不会有闻名世界、吸引世人的永远年轻的达坂城。而王洛宾应该就是这个达坂城的灵魂。如果达坂城今后要搞建设的话，我认为，那就一定要预先考虑设计好如何安放这个灵魂。否则，没有灵魂的建筑，充其量也只是散沙一片。

想来好笑，也不知是谁怎么想起来给王洛宾安了个"西部歌王"的诨号，绿林味太浓，快成了山大王了，简直是开玩笑。王洛宾是属于人民的，他应该是一个名副其实的真正的"人民音乐家"。

着实有点失望，镇上实在没有什么可看的，那就到附近的旅游景区看看去吧。达坂城白水涧古镇旅游景区位于达坂城镇东3公里处的白杨河峡谷口。路倒是不远，但没有公共交通车，只能打的士去了，一路上几乎没看到有车辆往返。到了"达坂城古镇"景区大门，不要说看不到一个游客，就连景区的服务人员也看不到一个。售票窗口紧闭，室内无人；大门进出口护栏拦着，看不见一个执勤的，看来这个景点停业已经不止一两天了。我知道，在眼下这不是一个景点独有的现象，而是一个时期以来，由于国内外不法分子的破坏捣乱，从而给整个新疆的旅游业造成了这样一番萧条景象。

而此时，对于我好像倒是一个不错的机会。一是省了一张门票钱，二是能够游玩得从从容容，舒舒服服。

达坂城白水涧古镇位于柴窝铺——达坂城盆地的南端，地处天山脚下，扼进出天山的关口，是南北疆的分界线，

135

北去 90 公里，一马平川直达乌鲁木齐；南去越过天山 90 公里，就是吐鲁番盆地。这里是古丝绸之路新北道的咽喉要冲，现在是南北疆交通和新疆通往内地的大动脉。战略位置十分重要，唐时就因军事需要而屯军驻守。白水古镇景区的城门楼正是仿唐代西域风格而建造的。

　　我独自一人登上城门楼。当我伫立在城门楼上时，好像从历史隧道深处刮来的中古的雄风呼啸在我的耳畔，满目是护城河、吊桥、烽燧等边关军镇设施，既显出一股"古戍依重险，高楼见五凉"的雄壮威武之气势，也充满着一种苍山日暮时分"山根盘驿道，河水浸城墙"的空旷与苍凉。我在城门楼上徜徉，真正是有点"前不见古人，后不见来者"的感觉。我满怀兴致下了城楼，走过拉索木桥，信步向峡口古城的遗迹的方向走去。

　　这是一个周长约 360 米的夯土古城遗址，城池周边是白水涧道峡谷，地势险要，故又名峡口古城，千百年来，强劲的戈壁朔风将古城一点点剥蚀，到如今，只剩下一处处类似断墙残垣的土疙瘩。站在这古城的遗址上面，大风刮得我立不住脚。难怪当地有民谣云："达坂城，老风口，大风小风天天有，小风刮歪树，大风飞石头。"我看着横亘在远方状如画屏的大山，从直观上明白了这儿为什么叫峡口古城。

　　下了古城，顺着铺在湿地上的木栈道前行，前行，像是要通往历史深处的某个角落。果然，它把我引到了西北角楼边的一个大院落，木制的院门头上书写着四个隶书大字——军屯人家。此时，院内空空荡荡，家家关门闭户。人到哪儿去了，到校场练兵去了？下田劳作去了？

我高呼道：有——人——吗？来——客——啦！

哗——哗——，回应我的是后院树林里风吹树叶的作响声。戍兵在西北边境屯田，称军屯。这个制度在西汉就有了。"无事则耕，有事则战。"清朝在统一新疆之后，屯田在天山南北麓由东向西迅速展开，军屯实行轮换制并有双份津贴。清人纪晓岚在他的《乌鲁木齐杂诗》中就为我们描述了清代军屯这样一幅美好的历史画面：

烽燧全消大漠清，

弓刀闲挂只春耕。

瓜期五载如弹指，

谁怯轮台万里行。

我朝着林木深处继续前行。渐渐传来哗哗哗哗的流水声，那湍急的流水声越来越近，越来越响。我踏上了一个拉索上铺着木板的小桥，桥下是一条流水湍急的小河，那河水流速虽急，但水色清冽，清冽中透露着一股股逼人的寒气，估计不错的话，这大概就是白水涧了，它当是源自博格达峰山麓冰舌融化之水，点点滴滴，汇聚为川，一路滔滔，丝毫不改冰清玉洁之本色。

这时，不知怎么的，我忽然产生了一种感觉，在这么大的景区里，只容我一人独步，看似自由自在地游览，可周身有一种不舒服的感觉，因为这实在是一种奢侈，也实在是一种浪费，我甚至产生了一种负罪感。

走过小桥，喧嚣的带着节奏的叮叮咚咚的激流声跟着我来到了一个老人的雕塑前，他头戴牛仔帽，蓄着山羊胡，鼻梁上架着一副眼镜，一只手潇洒地抱着吉他，一只手正在全神贯注地拨动着琴弦，"达坂城的石路硬又平，西瓜呀大又甜……"《达坂城的姑娘》那欢快的歌声伴着那带着节奏的叮叮咚咚的激流声就像是从老人的指缝间流淌出来，格外的动人心弦。眼前的这个老人就是王洛宾的雕塑了。

隔着绿化带，那基本上是商业的街市。设有茶肆、酒肆、百水驿站、马厩、星级卫生界、民族手工作坊、民俗陈列馆、王洛宾艺术馆等，这些设施好像基本上大都是为商业所用。尽管现在家家都关着门，看不到内里的情形，但是，那些门面招牌、广告牌等早就告诉了我这些设施的性质。

绕来绕去，我又绕到达坂城古镇的城门楼下。尽管这儿是人造的景区，并非历史的真实，但站在这景区的古镇城门楼下，望着那蜿蜒而去的城墙，总觉得有一种亲临实地的历史的沧桑感。城门楼下不远处，一棵枯死的光秃秃胡杨孤零零地站立在那里，它恐怕还要站三千年吧。伴随着它的是，不远处白水涧那节奏感强烈的激流声和着《达坂城的姑娘》那欢快跳跃的音符，似乎还有不同的此起彼伏的声音在唱：

……

那里住的姑娘辫子长啊

两个眼睛真漂亮

你要想嫁人不要嫁给别人

一定要你嫁给我

带上百万钱财

领着你的妹妹

赶着那马车来

……

2014 年 12 月

王洛宾雕塑

艾青诗歌馆门前的遐思

　　艾青诗歌馆在年轻而美丽的边城石河子市。诗歌馆的边上是诗人广场，广场的对面就是新疆兵团军垦博物馆。如果说这是我国第一座反映新中国屯垦戍边成就的主题博物馆，那么艾青诗歌馆也可以说是我国第一家以诗人名字命名的诗歌馆。

　　艾青诗歌馆这个馆名有其鲜明的个性，但就其性质来说，它其实就是一个艾青纪念馆。我想，大概是诗人的家乡金华已经有了一个纪念馆，该不是在考虑为有别于金华馆而取了现在这个馆名吧。不过，以一个文学体裁作为馆名似乎总觉得哪儿有点不得体。

　　我来得不巧，碰上周末闭馆。我抱着试试看的心态敲门，楼道里过来一位女同志，不知是值班还是临时因事留馆，她在听了我这个外地游客的一番企盼参观的请求后，竟打开了大门，让我进去了。我喜出望外，连声道谢。这个谢字我是真正发自内心的。如果没有她的善良与好心，我就只能与这个全国独一无二的诗歌馆硬是擦肩而过了。

艾青诗歌馆大门

进馆以后，我的第一印象是这个诗歌馆建得十分大气、宽敞。诗歌馆的主体辟为三个展厅，第一第二展厅详细记述了艾青的生平、成长过程、坎坷经历、主要著作，以及世人对艾青的评价，陈列展出的除文字和大量的图片外，还有诗人各个时期各种版本的作品集子；第三展厅是世人包括许多文学艺术大家对艾青怀念的珍贵书画和艾青珍贵的个人藏品。对那些文字叙述，我最感兴趣的是艾青在新疆的那些难忘的日子；对那些目不暇接的图片，我最喜欢看的是一张艾青与老将军王震拥抱的合影。

看展览，长知识，长见识，受熏陶，促思考。我觉得，这次参观收获最大的还应该是促思考。因为，只要你愿意，思考活动不仅可以贯穿于你参观的全过程，还有可能影响你参观之后的三五天，甚至更长的时间。

当我参观完毕，再次感谢了那位女同志，走出了诗歌馆的大门后，我没有立即选择离开，而是在诗歌馆的大门前徘徊了很长很长一段时间。是的，我在思考，在大厅参观的时候就在思考，多灾多难的诗人啊，那些艰难的岁月，你是怎样度过来的呀？

随着中国红色政权的建立，艾青头顶着"红色"诗人代表人物的光环跨进了新中国，他的《大堰河，我的保姆》等诗作蜚声海内外文坛。谁知好景不长，1957 年，艾青在劫难逃，被打成右派。1958 年被下放到黑龙江农垦农场劳动改造，1959 年冬受到时任农垦部部长王震将军的邀请，艾青与夫人高瑛前往新疆生产建设兵团，1960 年正式到了农八师驻地石河子市。1967 年艾青被"遣送"到条件较艰苦的、有"小西伯利亚"之称的偏远连队农八师一四四团参加劳动，直至 1975 年底回京，艾青总共在石河子垦区度过了 16 个年头的难忘岁月。我特别注意到了上述的几个时间点：1957 年，如火如荼的反右运动，紧跟着，秋风扫落叶，右派分子下放劳动。1959 年冬，饥饿笼罩全国。正是在这一困难时刻，老领导、老将军、老朋友、一方大员王震伸出了温暖的援手。把一个右派分子转移到一个更艰苦的地方劳动改造，不算是名正言顺冠冕堂皇的理由吗？时光转到 1967 年，局势更加复杂，揪斗之风盛行，石河子看来也不保险了，艾青被"遣送"到条件较艰苦的、有"小西伯利亚"之称的偏远连队农八师一四四团参加劳动。艾青从黑龙江被转移到新疆石河子，再从石河子被"遣送"到偏远的农八师一四四团，直至 1975 年底返京，这期间的时间跨度是 16 年，正是在这朝不保夕的 16 年里，艾青得到了有效的保护。

在石河子，艾青曾为它写过一首颂歌《年轻的城》。诗中，他在满腔热情地歌颂这荒原上的明珠城市的同时，也为眼前生存环境的美好而歌唱："空气是这样清新 \ 闻到田园的芳香 \ 微风轻轻吹拂 \ 掀起绿色的波浪。"从诗中，我们可以感受到诗人尽情享受自由氛围的美好心境。

诗言志，艾青感到，在这样美好的天地里，他沐浴着阳光，充满着希望，他要张开双臂，拥抱新的生活。他在诗中写道："它像一个拓荒者 \ 全身都浴着阳光 \ 面对着千里戈壁 \ 两眼闪耀着希望。"他正是满怀着这种希望走过了石河子的 16 年。

有一个最恰当的词汇可以用来形容这 16 年的经历：雪藏。雪藏的字面意思就是用雪把东西埋藏起来，引申义是隐藏。而运用到官场，就成为很多官场中人不得已而为之的一条行藏之策。

16 年后，艾青返京，拜访了他人生的贵人、恩人王震，握手已经不能表达此时的心情，拥抱吧，两个老人的心可以贴得更近。感谢摄影师的敏锐，快门揿过，有了这样一张二老的拥抱合影。一个瞬间，浓缩了两个老人的万千感慨；一个镜头，定格了革命战友的历史情谊。是的，艾青是幸运的，不幸中的万幸。

这时，我想起了新疆的另一个不幸者，也是万幸者王洛宾。他如果没有一段传奇的雪藏经历，恐怕全国至今也不会有几个人能够晓得这个音乐奇人的名字，更谈不上有他自己的"夕照红于烧，晴空碧胜蓝"的风华晚年了。

1949年秋，《在那遥远的地方》《达坂城的姑娘》的作者王洛宾加入中国人民解放军并进军抵达新疆乌鲁木齐后，他成了解放军的文艺科长。此前因为王洛宾曾当过国民党马步芳队伍的音乐教官，1952年1月，新疆军区军法处以王洛宾"坚持反动立场，长期逾假不归"为由，免去了他的军区文艺科长职务，判处管制劳役两年，并将其押送到工地与其他苦役犯在一起干活。每天都在做架桥、修路、烧石灰、烧砖、伐树等活计，干了一年多的苦役之后，身体本来就不十分结实的王洛宾眼看快要挺不住了，这时，他生命中的贵人出现了。

1953年秋的一天，时任南疆军区政委的"独臂将军"左齐到乌鲁木齐开会，他听说王洛宾的事情后，立即萌发了爱才之心。王洛宾是中国西部民歌创作中独一无二的人才，如果仅因所谓"历史问题"毁灭这样的人才，对于中国的音乐事业是无可弥补的损失。再者，左齐还是王洛宾的歌迷,尤其是那首《达坂城的姑娘》他特别喜欢。他在听到王洛宾的艰难处境后,很想帮他一把。可王洛宾是戴罪之身,怎么帮他呢?左齐想起,南疆军区文工团缺少高水平的创作人员,团领导一直在向他吵着要求配一个会编词写曲的"秀才",王洛宾正是一个踏破铁鞋也找不到的理想人选啊。把他带到南疆去"改造",既能救他出苦海,又为南疆军区文工团"捡"到一个难得的高水平音乐家,一举两得呀。左齐赶快向新疆军区打报告。新疆军区领导开始不同意,直到左齐特地写了一份"保证书",这才批准他把王洛宾带到喀什"监督使用"。到喀什后,王洛宾被安排在南疆军区文工团当音乐老师。至此,王洛宾被当作一个宝,雪藏起来了。

正是这一次的雪藏经历,把王洛宾从苦役工地上救了出来,使他免遭性命之忧,更为重要的是让他重新回到了部队,回到了他迷恋了一生的音乐工作岗位。尽管他的苦难远没有结束,但这一次的雪藏经历对他来说是至关重要的。没有这一次的经历,他的生命,他的音乐创作生命,随时都有可能戛然而止。特别对于具体的他来说,从他当时的身份,当时的处境来看,应该说,什么可怕的情况都有可能随时发生。王洛宾是不幸的,王洛宾又是万幸的。

左齐将军在"文革"中曾因"帮助反革命分子王洛宾逃脱劳动改造"的罪名,被造反派挂上大牌子游街批斗,吃了很多苦头。其实,在很多场合,左齐将军对此事只是风轻云淡地说："我之所以把王洛宾搞到南疆来，只有一个原因，我喜欢他那首《达坂城的姑娘》。"多么可敬的将军！

1993年春天，听到离休去内地生活的左齐将军回到新疆走访老战友的消息，王洛宾高兴极了，立即骑上他那辆飞达牌自行车，到新疆军区博格达宾馆去看望当年的恩人。见面后，两位老朋友不约而同地紧紧拥抱。又是拥抱！而且是长久地、不愿松手地拥抱！此刻最能表达双方感情的肢体语言只能是拥抱。

80岁高龄的王洛宾激动得热泪盈眶，他对左齐说："左政委，真的要好好谢谢您！如果不是您1953年把我带到南疆，我王洛宾是活不到今天的！"王洛宾说的全是掏心窝子的话。

老将军的眼睛中也闪烁着泪花，动情地说："洛宾同志，我的老战友，一切都过去了，国家和人民的苦难都成为历史了。你现在是中国著名的音乐家，可以有时间好好整理和创作自己的作品啦，全国人民都喜欢唱你编写的西部民歌，特别是《在那遥远的地方》和《达坂城的姑娘》。"这是将军的心里话，也是当年他出手雪藏王洛宾的真实动机，更是将军当年所期待的美好结果。

我在艾青诗歌馆门前徘徊着，我眼前的石河子是这样的美丽。就像诗人艾青在《年轻的城》中所赞美的："我到过许多地方/数这个城市最年轻/它是这样漂亮/令人一见倾心……"

　　我在艾青诗歌馆门前徘徊着，思考着，回味着。感觉得这一切就发生在昨天，离今天并不遥远。是我们头顶上的太阳，不知不觉地把昨天变成了今天，把今天一点点变成为历史，又把历史一点点搞模糊。人们啊，真要把握好这个变化的历史，说不定就是社会的财富，人民的福祉。愿年轻的城永远年轻。

2015 年 1 月初稿

2022 年 3 月修改

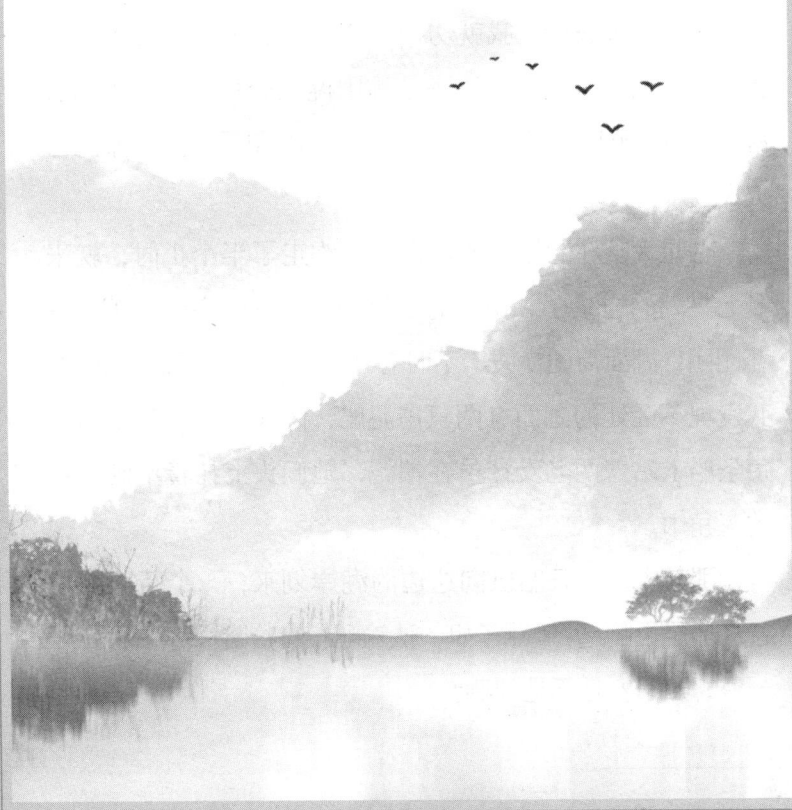

第五辑

别梦依稀

南来的燕子

太阳还没露脸，我就匆匆地离开了公社往七星大队走去。初冬的早晨，田野里满是施肥挑泥的社员，田头插着醒目的标语牌，上面写着"革命不怕脏和累，出力流汗为人民"。

七星大队在七星湖的西面。我约走了半个小时，就来到七星湖的边缘了。初冬的七星湖，未收购完的芦苇，芦花团团，湖面荷梗横波，不时有几只野鸭钻出湖面。这时，我发现不远处的湖面有两只罱泥船，使我感到不多见的是每条船上站着两名女社员在罱泥，她们头上扎着不同颜色的三角巾。

那其中的一条船已向这边的湖岸划来，一个清脆的声音从那船上响起："燕子姐，认输吧！哈哈哈……"我心里一震，燕子？是不是刘燕？

发表于 1972 年 3 月 8 日《红巢湖报》。

忽然，又一个声音从较远处的那条船上传过来："别得意，看，我们这一船也满了。"我一听，果真是下乡知识青年刘燕的声音。

"燕子姐，输急了可不能跳下湖去捞泥啊，哈哈哈……"又是那个小姑娘的一阵笑声，笑得连船也给撑得歪歪斜斜的。

我真为这几个姑娘的火劲儿高兴。准备事情办完后去她们插队小组看看。

"尹书记！"又是那个爱笑的姑娘的声音。我朝泥船上望去，噢，这不是高畈队长家那活泼出名的二桑子姑娘吗？

"尹书记——"刘燕的声音从湖心传来。

太阳已经升起来了，湖面波光粼粼。我看清那正在招手的刘燕，头上扎着一条蓝色的三角巾，完全是一副农村姑娘的打扮。她的面庞在朝阳的映照下，红光闪闪。

"小燕子，你干得很好啊！"

"书记，你还夸哪，我干得没她们好！"刘燕大声地说着。

"燕子姐可厉害呢，你看，罱泥这活儿刚学几天她就上路了。"二桑子说着，用手对湖心指了指。

朝霞把湖水照射得像洒满串串银链，熠熠生辉。只见刘燕轻轻地提上一夹泥，熟练地往船舱哗地一送，动作干净利落，看上去还真像个罱泥的老把式。

"小燕子，我的中饭就搭在你们那儿了，怎么样？"我因还有事未办，就打了个招呼准备走了。

"欢迎,我代表我们插队小组表示热烈的欢迎,你可一定要来呀。"

当我离开她们的泥船好大一节距离时,身后又传来刘燕的声音:"尹书记,你可一定要来呀!"

"好——"我转身回答。只见刘燕一只手扶着夹竿,另一只手在热情地挥动着。不知怎的,我的脑际浮现出第一次见到她时的情景。

那是前年秋天的一个下午,我来到高畈生产队看望刚下来两天的知识青年插队小组,并在生产队的稻场上开了个座谈会。会前,有的同学在和老贫农亲切交谈,有的在吹口琴、唱歌子,唯独见一个梳着两条小辫子的女生站在稻场边沿,眼睛看着远方,好像有什么心事。

我就走了过去。问道:"小鬼,想家了吗?"她没有回答,只是眼睛追视着一行悠悠远去的大雁。我正打算再追问一句,她倒提出了一个很有趣的问题:"尹书记,您说,大雁到秋天一定要往南方飞吗?"

我笑了,看着她那两只挺认真的大眼,说:"如果我们把世界改造得都像南方一样的温暖,你看它将向哪儿飞呢?"她听后一顿,随即就拍着手说:"讲得太好了,尹书记,太好了,我们一定要用自己的双手改造世界,也改造好自己的世界观。"

"小鬼,你叫什么名字?"我颇感兴趣地问她。

"刘燕。燕,不是大雁的雁,而是小燕子的燕。"

"噢，小燕子，刘燕。"我在头脑里记下了这个名字。

想到这儿，我禁不住地回头望了望。由于离得较远了，也看不清哪是刘燕，哪是二桑子了，只见泥船、人影、夹竿在金色的波光中晃动。

我把事情办好时已经是中午了。

我向刘燕她们插队小组所在的高畈生产队走去，和我一道的是高畈队的高队长。当我问到他们队的插队小组时，高队长谈得眉飞色舞，从讲她们怎么向贫下中农学习，又讲到她们如何办起红夜校，停了一停又说："就拿你早晨看到的刘燕来说吧。本来夹泥这重活是不要她们小鬼干的，可是刘燕她们组织的铁姑娘队一定要参加干，没办法，只好同意大家轮班夹。哪知刘燕是第一次上船，还未夹上几夹，就掉到湖里了。"

"怪不得早晨二桑子笑她跳下湖去捞泥呢。"我插了一句，"这小鬼真有点劲头。"

高队长接着说："她从湖里爬上来，还笑着说：'正好尝尝冬泳的滋味哪。'她的嘴唇都冻紫了，可是，她回去换了身衣服又上船了。"

刘燕早在村口等我们了。

当我们走进插队小组的屋子时，刘燕说："同学们都下田了，你们再不来，我这个临时代表也要下田了。"没容我们开口，又接着问："还没吃饭吧?"说着就揭开了锅盖。霎时，香气、热气弥漫了这间屋子。

"哟，还为我们买了这些鲜鱼哪。"高队长看着刘燕手上捧着的一大碗蒸熟的鲜鱼说。

"哪有空去买鱼啊，这是上午大家夹泥夹到的。"刘燕笑着说。

屋子里充满了朝气，一抬头，我觉得大门上仿照毛主席手迹书写的"广阔天地，大有作为"这八个大字的对联，格外醒目。

"小燕子，在这里干得很不错嘛！"

"是的，是的。"刘燕认真地说，"前不久，我回家一次，就和初来的那年春节回家大不一样了。"

"那次，在家待了一个月吧？"高队长说。

"待了一个月零两天。"刘燕继续说，"临走时还恋恋不舍哪。这次我回家去，三天不到晚就急得火燎似的。到了第四天清晨，就背了背包离开了家。"

"这么说你的父母还没把你看清，你就走喽。"我开玩笑地对她说。

"看清了！看清了！"刘燕抢着说，"我刚跨进家门时，奶奶就把我抱住了，捧着我的头，说我长高了，长胖了。临走的那天早晨，爸爸说我的思想也炼红了。"

说得我和高队长都笑了起来。

"哎，刘燕，你去请同学们都回来一下，大家开个座谈会，好吗？"我看时间不早了，就对刘燕说。

真像个小燕子，她一溜烟似的跑出去了。

　　这时，一阵悦耳的山歌传进我的耳朵。"这些姑娘们在唱什么？"我问。

　　高队长说："前些日子，我们村的土秀才为她们插队学生编了几个字眼儿，安上咱乡间的曲儿，姑娘们就唱起来了。"

　　"噢？"我挺感兴趣地走出门外，看着将消逝在村口转弯处的刘燕，田野传来姑娘们的歌声：

　　飞过江南的原野，
　　掠过工厂的囱林，
　　带着时代的哨音，
　　揣着革命的豪情，
　　南来的燕子啊，
　　安家在我们的田园……

1972 年 1 月

菱花赞

花是美好的象征，谁不爱？特别是有些花，看了能牵动人的情思，就更叫人喜爱了。如在冰雪中挺立的蜡梅，在重阳节前后盛开的秋菊……

我有个学生叫柳云，从小就爱花。她家的房前屋后种满了牡丹、芍药、美人蕉。可她毕业到农村后，独独喜爱上了一种叫人想不到的花——菱花。你说怪不怪？

前个时期，她给我来的一封信中有这样的几句话："我现在最喜爱的是菱花。这种花，在我们乡村里随处都可见到。那一道道河湾里，浮满了一层墨绿色的菱角秧，菱角秧上，开满了像星星一样数不清的菱花。小小的，一点也不炫耀自己；白白的，显得那么纯洁。党支部老支书韩大叔说：'这菱花呀，好就好在：花开在浪尖上，果实结在波涛里'……"这几句话，蛮有点诗意，细嚼一番，更耐人

发表于 1976 年 5 月 30 日《安徽日报》。

寻味。但是，我终不明白，她是怎样爱上那普通的菱花的。

暑假，学校抽一些教师到农村搞社会调查。领导分配我负责搞文艺班如何适应农村三大革命需要的调查，地点是白家湾。领导一再嘱咐我："听说白家湾的业余文艺宣传队搞得很好，你要把那儿最本质的东西带回来，推动我们的教育革命啊。"我愉快地接受了任务。

说来也巧，白家湾，正是我的学生柳云落户的地点。这次去调查，我得顺便打听打听她为什么那样喜爱、赞美菱花的原因。

盛夏的乡村，美极了。双晚的秧苗正在返青。一阵雨后，挂在秧叶上的水珠，在阳光照射下，就像一颗颗小宝石闪着迷人的光彩。我来到了白家湾地界，好个水乡啊。一道道水七曲八弯，水面上盖满了墨绿色的菱角秧，星星点点的菱花绽开在白水和绿菱的上头。触景生情，我很快想起柳云给我信上写的那些话。不过，说句心里话，对这菱花我确实没有特别的动情。正想着走着，前面传来了歌声：

一花引来　万花香，
全国农业学大寨
……

原来，前面河沟里正有十来个姑娘蹲盆采菱。唱歌的是一位穿蓝格子衣服的姑娘。歌声在雨后的水乡上空显得那么清新悦耳。这个姑娘的歌声才落，又一个穿红格子的姑娘唱起来了，那歌声地方味极浓，我停住了脚步。

水乡吔……姐妹吔……学哟大寨吔……

倒海吔……翻江吔……我哟能来吔……

自古吔……女儿吔……被哟人踩吔……

今朝吔……撑起吔……半哟边天吔……

啊，这歌声就像一股清泉流过了我的心田，有什么歌声比这农家女儿的歌声更美、更健康呢？看来，白家湾的业余文艺活动确实搞得不错。我连忙掏出笔记本，准备把这首歌子记下来。没想原先唱歌的那个姑娘笑着对伙伴说："咦，大家看啰，岸上来了一个拾歌子的。""哈哈哈"她的话引得河面上飞起一阵欢笑声。

那位穿红格子的姑娘没有笑，她招呼着我："喂，同志，能提提意见吗？"我不好意思地笑笑："我是特地来向你们学习的。"她好像突然明白了什么，说："哦，你是柳云的老师吧？昨天就听说你要来了，柳云就在前面的稻田里，你自己去吧，队里的菱角要赶着摘，没时间送你啦。"我立刻被这姑娘爽朗热情的性格感染了，不由地把她仔细打量了一番：面庞、穿着倒不比其他姑娘有什么显眼，只是个子好像很高，坐在盆里比谁的腰杆都长。见她们都在忙着，我打了声招呼，告别了。

我找到了柳云，她把我带到支书老韩那儿。我说明了来意，老韩思索片刻，说："其实，我们的业余文艺宣传队也没做出多少成绩；不过，你既然来了，总不能叫你空手回去。这样吧，你晚上到村里文化室看看，宣传队正在排一个新节目，明天我请宣传队队长给你谈谈体会吧，她谈得比我好。"

吃了晚饭，柳云伴着我朝文化室走去，老远就听见胡琴声、笛子声、歌声交织在一起，一片热热闹闹。跨进屋内，男女青年一二十个，其中有我在路上见到的那几个采菱的姑娘，那个穿蓝格子裙的姑娘还调皮地问我："杨老师，你记歌的本子带来了吗？"说着说着，她就哈哈大笑起来，也把我们逗笑了。柳云告诉我，她叫英子。

时间已是七点半，该是排练节目的时候了。柳云和几个姑娘老是站在门口朝东张望。我问她们等谁，柳云说："还有个主角没来呢。"

正在这时，一个十来岁的小孩飞燕似的跑进屋里，一把拽着柳云的衣裳说："柳姐，你快去看看，我姐姐和妈妈吵起来了！"

"怎么回事？"柳云跟着小男孩走了，英子同几个姑娘也去了，我因没事干，便尾随她们而去。

走不多远，听前面争吵声、劝阻声、议论声混成一片。两个吵嘴的嗓门显得大些，大概是那"主角"母女俩了。

一个人正以评理的口吻对人说："这丫头太古怪，加工分又不是你要的，是队长讲的嘛。"

那丫头的声音毫不让步："队长也要讲民主呀，我们讨论了，一致不要！"

"就是你带的头！"

"不管谁带的头，这个头带得对。你怎么就不想想，新中国成立前那年月，你和爸爸在王蝎子家帮工，没冬没夏，没早没晚，他给你加了多少工呀？"姑娘的声音激动了。

女儿的话大概说服了妈妈，没听见妈妈说话了。这时，柳云的声音在人丛中响起来："大妈，这件事是我们大家讨论的。"

那个吵嘴的姑娘拖出了柳云，说："妈妈会想通的，我们快去排演吧。"

几个青年人说说笑笑地朝文化室走去。

摆在眼前这头十分钟内所看到、听到的事，使我激动不已。一分工显然是微不足道的小事，可是反映了这些青年们的心灵是多么的洁白无瑕。特别是刚才和妈妈争吵的那位姑娘，她说得何等理直气壮啊！

到了文化室，场子已经拉起来了，我四周环顾了一下，刚才所熟悉的面孔中又多了一个并不陌生的人，高高的个子，红格子褂子衬着的那张红扑扑的脸。这不是我来的路上遇到的那位爽朗热情的姑娘吗？刚才吵嘴的就是她吧？

柳云告诉我："是的，正是她。她叫菱花，革命生产样样行，是我们业余文艺宣传队的队长。"

我把菱花又打量了一眼，有点惋惜地说："嗓子倒是挺好的。可惜，只是个子高了些，搞宣传不太适宜。"

柳云惊讶地望着我："啊！你也说这话？"她想了一下，又说："不过，这也难怪。"

她的神情使我茫然。我忙问怎么回事，柳云坦率地告诉了我一段往事：

这种论调在宣传队刚建立时就有了。队里有个旧艺人散布什么"菱花个条太高，叫人看了不舒服，她能参加什么宣传队？"这家伙为什么要散布谣言？因为平时菱花处处同他对着来。每逢那个旧艺人讲起旧书时，菱花就拆他的台，有声有色地讲起杨子荣打虎上山，李玉和怒斥鸠山等革命故事来，把这家伙搞得灰溜溜的，一点办法也没有。所以，他一听菱花带头组织业余文艺宣传队，更是恨得要死，妄想造舆论，搞垮宣传队。

当时，菱花的妈妈把这些话告诉了菱花，并劝她退出宣传队。她听后故意沉下脸对妈妈说："就怪你，妈妈，谁叫你把我养成这么高的个子，这么大的脚，丑死了！"妈妈宽慰她说："孩子，劳动嘛，这个身材正好！""对呀！"菱花兴奋地对妈妈说，"劳动的人总是五大三粗的，看了不舒服的是些什么人呀？这些话说来说去，就是不要贫下中农占领文化阵地！就是不要社会主义占领文艺舞台！哼，今天是无产阶级的天下，就该是我们贫下中农扬眉吐气的时候，我们不唱让他唱吗？我们不跳让他跳吗？做梦！"

"说得对呀！"冷不防一个洪亮的嗓音把她母女俩吓了一惊。原来，老支书韩大叔不知什么时候已站在她俩的身边了。他是来给菱花撑腰的。不用说，菱花妈的思想最后是通了。

柳云的叙述，把我的思想和这文化室内热闹的鼓乐声完全隔开了，我的脑海中浮现出一个在斗争风波中成长的女青年：高高的个子，敏锐的眼睛，红扑扑的脸膛……

"啪"，一声脆响惊醒了我，小戏的排演正在高潮，扮演女队长的菱花，正同一个破坏农业学大寨运动的坏家伙展开斗争。这个英姿飒爽的女队长形象，不正是我刚才头脑中的菱花吗？

排练结束，人们陆续走了，最后，只剩菱花、柳云和我。菱花说："杨老师，你要给我们指导指导啊。"我忙说："你们的业余文艺活动开展得这么活跃，我正不知道从哪儿学起呢。"停了一会，菱花又说，"我总觉得呀，宣传社会主义，自己一定得有个社会主义思想。不然，谁信你呀！"

哎呀，多实在的话语！这不正是领导要求我调查的最本质的东西吗？我连忙掏出了笔记本。

菱花笑起来了："你看你看，又掏笔记本了，这几句随便讲的话哪值得记呀，要记的话，明天我领你到贫下中农中去，听听他们的反映，记记他们的要求，对我们都有益呀。"一番话，把我和柳云说得哈哈大笑。

　　我在白家湾头尾待了三天，回来后，把调查的结果，用书面报告的形式写出来，交给了领导，可菱花的形象一直留在我的脑子里。这是一个多么叫人喜爱的青年啊！

　　谈到这里，我又想起了柳云上次来信中说的话："我现在最喜爱的是菱花。"现在，我对柳云为什么那样喜爱、赞美菱花的疑云，一下子飘散了。我觉得我们伟大的祖国仿佛是一个浩大的湖面，上面开满了星星点点的菱花，小小的，一点也不炫耀自己，白白的，显得那么纯洁，而菱花、英子、柳云，还有白家湾的那些青年，正是这满湖菱花中的一簇。我好像又听见了老支书韩大叔对菱花的赞语："这种花，好就好在：花开在浪尖上，果实结在波涛里"……

第六辑

故纸拾零

沉重的话题

——李大量先生的《山村记忆》代序

一

这是当前并不多见的一部纪实性文学作品。

不多见处之一，是作品直面了一个敏感的时间段上的敏感话题，即 20 世纪 50 年代末 60 年代初那场不堪回首的三年大饥荒；不多见处之二，是作品的内容均为作者亲身经历，是家里事、身边事的亲见亲闻，筋筋绊绊都紧连着作者的血和肉；不多见处之三，这还是一位仕途上的过来人亲自动手，一笔一画，以手写心之力作。

作为第一个读者，我几乎是带着很沉重的心情读完大量先生的这篇纪实性文稿的。常常是读着读着，就感到心头有点颤动，脊背有点发麻，嗓子有点苦涩，眼睛有点湿

原载《山村记忆》，南方出版社 2011 年第一版；又发表于《作家天地》和《巢湖论苑》。

润。这种感觉，在我读同样是写那三年大饥荒题材的杨显惠的短篇小说集《夹边沟记事》时有过。相近的题材，尽管从文学性上说，后者的情节、结构、语言较之《山村记忆》，其表现力、感染力都要强许多许多。但由于《夹边沟记事》的写作素材得之于采访，而作为小说这一体裁的表现手法、情节安排又难免有虚构的成分；与之相比，《山村记忆》的写作素材得之于自身厚实的生活积淀，其表现手法、情节安排、人物命运全是生活自身的原生态，它表现的是作者自身的生命情感体验。所以，从真实性上看，存在"隔"与"不隔"之分，可见，它们已经不是一个层面上的"真实"了。需要说明的是，这种比较，没有丝毫贬低《夹边沟记事》意思，我一直认为它是当代文学作品中一部难得的现实主义佳作。

二

《山村记忆》所陈述的是一个沉重的话题。书稿的第二部分"夜来风雨声，花落知多少"是全书的主体部分，也是最具价值的部分。价值何在？其价值就在于它保存了一段历史的记忆。那既是山口胡村十八户人家的一段历史，也是中国农民的一段历史。作为文学作品，它具有独特的审美价值。同时，它也为后世的历史学家、社会学家在研究那段历史时提供了难得的生动的历史真实和历史细节素材。

记得毛主席他老人家的"最高指示"中有一句名言：人是世界上最宝贵的东西，只要有了人，什么人间奇迹都可以创造出来。然而，那年头，"人"恰恰是世界上最不宝贵的"东西"。太多太多的人已经丧失了维持"人"生存的最起码的必备条件——粮食。生存无着，遑论尊严，遑论"最宝贵"。"人"可以被无辜监视，一举一动受到严格的限制；"人"可以被无辜管制，只能生活在一个固定的空间，不准"外流"，否则会遭到拦截、遣返、批斗；"人"可以被无辜毒打，是死是伤，有谁为你主持公道？小"人"还可以被丢弃街头，从此，他不知道自己的根在何方，整个儿的人生之路就在他被丢的那一刻被完全地改变了……

稍一算账，人非"人"，不把人当"人"看待的并不是动物另类，恰恰是人类自身！这真是一个天大的悲剧。

作品展示的就是这一特定的历史时期山口胡村——鲜花盛开的地方，那里的十八户人家，如何在这在劫难逃的凄风苦雨吹打下，那些"花儿"是怎样败落凋零的。书中那位不到花甲之年的豁达诙谐的民间顺口溜诗人"小配色"胡泽才留给这个世界的最后声音是：耕牛死掉了/土地抛掉了/农具家伙烧掉了/儿子媳妇漂掉了/人活大了，也不怕了/罪受满了，该入土了/。作者用这样一个个"落花"的形象，启发人们去思考：这一切究竟是怎样产生的？并在更深层次上告诫人们：不要忘记啊，我们还有这样一段历史！

是的，我们不能忘记这一段久已尘封的历史。因为，这段历史的形象是用太多太多的森森白骨垒成的；这段历史的教训又是用太多太多的鲜活的生命为代价换来的！

这是一笔珍贵的历史遗产，可供后人慢慢地享用。常常翻看，定有所得。不忘饿饭的日子，正是为了我们的子孙后代避免重蹈饿饭覆辙的悲剧。

三

作为一部纪实性的散文，作者是带着对家乡人民深深的爱、对故土故园苦苦的恋这种炽热的感情来写的。书中许多地方的字里行间，你都可以看到作者伤心的泪痕，甚至能听到作者的痛苦的呜咽。书，只是作者选用的一种形式。他是在用这样一种形式，在用一颗流血流泪的心，对半个世纪前死于饿饭的父老乡亲举行深深的祭奠。

作品中，那一个个鲜活的个性，既是生活原型的实录，也是艺术形象的"这一个"。生活味十足，人物呼之欲出。

能挑一担水稻湿籽一路上坡的大力士曹广正；堪称民间艺术家的顺口溜诗人"小配色"胡泽才；光着上身，披着个"四合一"的宝贝，"甩石头上天——舂米"的辫爷；明事理，热心肠，乐于助人，挑豆腐担子串村，却又爱说大话的母亲；精于捞鱼摸虾戳鳖钓黄鳝的"鱼鹰"夏老大；经过一场惊心动魄的搏斗，从饿狼嘴里抢回孙女儿的王奶；

简单敬神，勤俭持家，"算小账"，抠得紧，最后被剃个阴阳头的陶宗德；腰挂弹棉弓，手握弹花锤，"一生，一生——光蛋"的大扣子胡玉仁；左手礼帽，右手拐杖，长袍拖脚面，镊子拔胡须，"跑江"做生意的"穷讲究"胡志贵；"抬杠、抬杠，一寸不让"，打猎只打冬不打春的"杠子头"胡志富；驼腰弓背，不能干却能指挥，农具保管特精细，偏"不带他玩"的富裕中农驼爷；天花使他变成麻脸瞎子，记忆力强能说会道使他学会了算命，尚未出道，适逢大饥，饿极了便仰头干号，发出那撕心裂肺般声音的来子；一方能人，大难来时，忍痛"摘瓜"，一摘二摘之后，孰料等待着的竟是老天爷将这一六口之家的藤蔓连根拔起，关门绝户！这就是人能不敌命运的二叔……

我们即便是在读罢掩卷之后，书中的那一个个人物形象仍然浮现在你的眼前，这就是这部作品的艺术魅力之所在。

从艺术风格上看，它不像一般的散文作品那样，沉湎于细腻的情感铺陈，优美的景物描写，绵长的历史感怀，深刻的人生感悟。这部作品，感情流露在人物的命运之中，感怀珍藏于直白的叙事之外。叙事记人是这部散文的主要内容，人物个性特色鲜明是这部散文的艺术特色。

这部作品的语言特色主要是平实清爽。没有华丽的辞藻，没有刻意的修饰，没有空洞的议论，没有浮躁的苍白的说教，没有曲里拐弯的文字游戏。它只是平平道来，一如谈心对话，清清爽爽。这也算是文如其人了，大量先生正是这样一位平实清爽之人。

四

什么是文学？我们且抛开教科书，跳开文艺理论家诸多的高深理论不谈。窃以为，所谓文学，说到底似乎是一种宣泄，是人以语言（口语、书面语）为材料的匠心独运的情感的宣泄。当然，情感的宣泄并非都是文学，这无可非议。还必须强调的一点是，人的这种以语言为材料的匠心独运的情感宣泄，应该体现的是人在一定层次上生存的需求，而且，这种"生存的需求"包括创作和欣赏两个方面。

从文学的最初形式来考察，"昔葛天氏之乐，三人操尾，投足以歌八阕"（《吕氏春秋·古乐》），从这样一些记载可以看出，文学的最初产生也还确是人在一定层次上生存的需求，我们不妨称之为"层次需求"。鲁迅先生极有见地的"杭育杭育"说（《且介亭杂文·门外文谈》），可以说是道出了这方面的某些真谛。

是的，关于文学，一些以经世济用为己任、为天下苍生谋福祉的政治家们私下里是不以为意的，这本身没有错。因为，有所不为才能有所为，他们有更重要的国计民生的大事要做。正所谓"大儒经济小儒诗"是也。西汉扬雄说过，辞赋乃"童子雕虫篆刻"，"壮夫不为也!"（《法言·吾子》），《隋书·李德林传》说："雕虫小技，殆相如、子云之辈。"唐代李白也说过"恐雕虫小技，不合大人"的话，难怪现代的朱自清要说："原来诗文本身就有些人看作雕虫小技。"（《诗文评的发展》）这些都是不争的事实，于此也可见文学在中国之地位。但也确有许多政治家们对文学注重了，有的甚至把它抬到吓人的地步。曹操的大公子就曾说："盖文章，经国之大业，不朽之盛事。"（曹丕《典论·论文》）文学真的有过这么大的作用吗？恐怕从来没有过。一般而言，政治家们注重的多半是文学的社会功用。这也没有错。因为人毕竟是社会中的人，意识形态的价值介入是必然的，没有商量的，也不是想超脱就能超脱得了的。更不要说，意识形态的价值介入在中国是很有历史很有传统的了。早在孔夫子那会儿，就有"兴观群怨"之说，有荀子的"文以明道"之说。再从唐人的"文以贯道"（李汉《昌黎先生序》）至于宋人的"文以载道"之说（周敦颐《周子通书·文辞》），则更是成为后世为文的经典。但是，我们大不该忽略，文学首先是"人"在一定层次上生存的需求，然后才是其他。在这一点上，我们不能舍本逐末。

此外，只要我们翻翻文学史，稍稍留心一下，就可以看到一个值得玩味的现象：真正的优秀的文学，当属于苦难、穷困潦倒、失意者流。特别是苗壮的文学，决不属于锦衣玉食的大富大贵，决不属于朱漆大门内的厚禄高官，决不属于养尊处优的公子小开，决不属于专司觅缝钻营的各类暴发户。从某种意义上说，这种文学现象反映的恰恰是一种文学规律。

许许多多有成就的作家，他们在经历了苦难、贫困、失意的苦水滋养和生活磨炼之后，"不平则鸣"，"穷而后工"；他们在积累了丰富的人生阅历之后，他们在对历史现象有了本质的理解和把握之后，"层次需求"强烈，创作的冲动飞流直下，犹如"骨鲠在喉，非吐不快"，那种难以遏止的创作激情一旦开启，即犹如开闸之水，汹涌奔腾，一发而不可止。

显然，李大量先生的创作属于这种情况。

李大量，安徽和县人，1946年出生于香泉镇山口胡村，1962年在香泉中学初中毕业。大量先生中学毕业后一直在家从事生产，务农十年。期间，干过生产队会计、大队民兵副营长。1972年秋调往香泉公社任水利干事、农技员。后来他在仕途发展，先后在公社、区里、县里担任领导工作。历任香泉公社副书记，张家集公社书记，乌江区委副书记，乌江、沈巷、石杨区委书记，和县粮食局长，和县人民政府第十届、第十一届副县长，和县第七、八、九、十届县委委员，第十届县委常委、县政法委书记，县第十四届人大常委会副主任，直至2006年9月退休。几十年的从政生涯，对于他这样一个从山村里走出来的山娃子，思想水平、能力才干、人情练达诸方面的改变无疑是彻头彻尾的。唯一没变的是镌刻在他的大脑皮层上的生他养他的山口胡村的山水本色，是流淌在他血液中的山口胡村父老乡亲的情感意识。几十年来的干部经历，使得他阅世也深，阅事也丰，阅人也广。不断地经历，不断地总结，不断地积累，更使得他对事物的认识也在不断地深化。深化的过程也是积淀的过程，生活的积累为他的创作打下了厚实的基础，扎实的文字功底为他的创作冲动提供了实现的可能，社会的良知和直面现实的勇气为他的创作实践提供了强有力的支撑，所以，《山村记忆》作为大量先生的第一部作品而出手不凡，当在情理之中。

五

　　《山村记忆》含有村史的性质。

　　它具备了村史的一些要素，从山口胡村的地理位置、村庄来历到住宅布局、家族兴亡，从务农经验、副业兴衰到经济状况、人口变化，直到行政沿革、环境变迁等等，这些都在作品中有所涉猎。为了说明问题，作者还花了很多的精力搜集资料编制了3种表格作为附录：一是山口胡村土改时土地、房产、人口情况；二是山口胡村在土改、1958年、1960年三个阶段的人口变动情况；三是"大饥荒"中作者本人吃过的野草及食用方法。由此可见其用心不可谓不细矣，其用情不可谓不深矣。

作品的第三部分：晓看红湿处，花重小山村。如果，从文学作品的角度看，它仅仅是一个光明的尾巴，是一个可有可无的点缀。其实，山口胡村这种现实的光明是无须赘叙的。因为在今天，960万平方公里的土地上，到处是莺歌燕舞；中国的农村，到处是"稻花香里说丰年"。但是，如果从村史的角度看，这部分又必不可少，而且似可加强。

不管怎样，我们还是要尊重作者的考虑吧。

六

我想，几乎可以肯定地说，一部分年轻人是不会喜欢这一类作品的。哈密瓜自然比苦瓜好吃的多，这真的不奇怪。

文学创作和文学欣赏的常识也告诉我们，文学创作需要生活的体验，生活的积累；文学欣赏同样离不开生活的体验，生活的积累。否则，就不能产生共鸣。

现在的年轻人很幸运、很幸福，他们早已远离了那些噩梦般的日子。他们生活在蜜糖之中，在物质上，他们最缺乏的就是吃苦，他们根本没有饿饭的生活体验，甚至是从心底排斥和嘲笑那些生活体验，这不能怪他们，谁叫他们赶上了这么好的时代呢。

从饿饭，到温饱，到小康，到富裕，到富豪……这种跨度，既是物质的跨度，也是精神的跨度；既是空间的跨度，也更是时代的跨度。这跨度，实在太大太大。蓦然回首，大有"日暮乡关何处是"，不知来路在哪方之感。饿饭一幕，不要说年轻人对此不屑一顾，就是有些上了年纪的人也渐渐地淡忘了那些本不该淡忘的日子。

不过，这也没什么。我们不妨在轻歌曼舞之后，不妨在看完电视剧之后，就利用你那暂时喘息的机会，稍微翻一翻这页历史。或许，它能给你某种提示——关于生活的，关于工作的，关于前途的，关于命运的……

这也像从营养学的角度看，哈密瓜好吃自然要吃，苦瓜难吃也还是要吃的。我们可以用"心"去培养和增加这方面的生活体验、生活积累。

饱饭常思饿饭时，也许会减少或阻滞重演过去的故事的几率。——我不知道大量先生有没有这样的创作初衷。

2010 年 6 月 2 日于石跋河

爽借清风明借月

　　前人有一副对联，我很欣赏。它的上联时常在我的脑际徘徊，那上联的几个字是：爽借清风明借月。

　　从字面来看，"借"大自然的阵阵清风，为"我"消暑，为"我"送爽；"借"大自然的溶溶月色，为"我"驱暗，为"我"照明。这短短的七个字，在我看来，既散发着那种带有点出世的淡淡的禅意的味道，却又充满着入世的大智慧的心机。

　　是的，清风明月本无价。不耗一分一文，驱使自然为"我"所用，其全部的智慧，就在于一个"借"字上。

　　"借"，《说文解字》云：假也。从人，昔声。借与假，后来构词为假借，也就是利用或借用的意思。

　　国人对于"借"字的含义应该说理解得既深且透，应用得广泛娴熟，甚至达到了无师自通、得心应手、出神入化的程度。腹藏雄兵的军事家把"借"字用到了军事谋略上，如借东风、借尸还魂、借刀杀人、借力打力；讲究现实的农民把"借"字用到了农事家常上，如借豁子出水、借场晒稻、借窝生蛋、借汤下面；穷酸可怜的读书人把"借"字用到了读书作文上，如凿壁借光、借题发挥；虔诚的宗教信徒把"借"字用到了庄重的佛事上，如借花献佛；易惹是非的好事饮者把"借"字用到了杯中之物上，如借酒消愁、借酒撒疯；算盘娴熟的精明商贾把"借"字用到了生意场上，如借船出海、借壳上市；翻云覆雨的宦海达官把"借"字用到了变幻莫测之官场，如借梯登高、好风凭借力送我上青天；甚至，还有一些瞒天过海之辈把"借"字用到了生育上——借腹生子。

我们也不妨细想想，这些"借"的成果，哪一项不是高智商的结晶？纵观古今，成大事者，善于"借"，精于"借"，大约算得上是一个不可或缺的智慧。

小至个人、家庭、单位，大至集团、地区、国家，无论你的本领有多大，无论你的力量有多强，只要你想追求，想探索，想壮大，想发展，你就绝不可能在真空的状态下、在毫无助力的情况下做到事事无挡无碍，时时畅通无阻，或如水银泻地，或如天马行空。这是没有的事。下至沿街乞讨的要饭花子，上至九五之尊的皇帝老子，概不例外。

人类社会孜孜不倦的追求者、探索者，在苦苦地朝着某个理想目标行进的过程中，定然会遇到诸如火焰山之类的山、通天河之类的水的阻挡。君不见，以齐天大圣的身手尚且要借助外力，有求于铁扇公主，有求于观世音菩萨，更何况我等凡夫俗子、平庸之辈呢。数千年前的哲人即曾以明晰的语言启发世人了："登高而招，臂非加长也，而见者远；顺风而呼，声非加疾也，而闻者彰。假舆马者，非利足也，而致千里；假舟楫者，非能水也，而绝江河。君子生非异也，善假于物也。""假"者，"借"也。可见，惟"善假于物"者，方可使你的价值达到最大化。

世上许多事情就是这样，在我们的力量、我们的条件、我们的资源一时还达不到的情况下，甚至是远远达不到的情况下，而我们又希图办成某件事情或完成某个事业，那么这时，"借"应该是最好的办法，应该是最高的智慧。借力、借势、借风、借雨、借钱、借路、借天时、借地利，灵活的恰到好处的"借"，较之刻板的自我封闭，在某种情况下，也许更能收到事半功倍的成效。

2010 年 12 月

动观流水静观山

爽借清风明借月；动观流水静观山。

这副对联，据我所知，杭州的胡雪岩故居和苏州的拙政园"梧竹幽居"中都有悬挂。但此联究竟是何人所撰，在一个很长的时间里，我虽然翻了不少资料，却一直也没有弄清。我只好自我解嘲地想：不是早有智者告诉我们了吗，鸡蛋好吃就行了，何必一定要认识那只下蛋的母鸡呢。直至后来的一次苏州之行，我在拙政园里的一座方亭"梧竹幽居"中见到此联，看看落款，方知是赵之谦所撰。赵之谦当然不是等闲之辈，他乃是清末的一位大书家。难怪，这短短十四字的联语，审其趣味、探其境界、观其气度，实乃非大家所不能为。

写了《爽借清风明借月》那篇短文以后，总感到意犹未尽。是的，我还想谈谈这副对联的下联：动观流水静观山。

观赏动态事物并想从中得到某些感悟，最好是观看流水；观赏静态事物并想从中得到某些感悟，最好是观看山峦。如果是这样来理解下联，要说也是能说得过去，但未免狭窄了一点。

我觉得，如果把它们作为互文修辞格来欣赏，或许更有一点意思。那就是：你想体悟动态的变化法则吗？请去观赏流水、观赏山峦吧。你想体悟静态的悠闲情趣吗？亦不妨请去观赏流水、观赏山峦吧。

这样理解是否正确呢？流水是动态的，山是静态的呀。

否。世间的事物，运动都是绝对的，静止则是相对的。

即如流水，"子在川上曰：逝者如斯夫，不舍昼夜"。这是东方哲人面对日夜奔腾的河水而产生的对时光对生命的感叹。在这里，我们领略到的是流水运动的绝对性所带给我们的感悟；而面对滔滔不息的河水，西方哲人提出了"人不能两次踏进同一条河流"的命题，在这里，我们领略到的却又是流水静止的相对性所带给我们的思考了。

即如山峦，云林丘壑，飞瀑流泉，古树撑天立，青山列翠屏。这些画面，看似静止的，不变的，其实在这静止的瞬间，这些画面也还是在运动着的，变化着的。

时间稍短的，看看天候因素而带来的山色变化：风来了，松涛如海；雨来了，山色空蒙；水气重了，云舒云卷；艳阳高照，万紫千红。

时间稍长的，看看四季带来的山色变化：春天，山花红欲燃；夏天，夏木阴阴正可人；秋天，满林黄叶雁声多；

冬天，千山鸟飞绝万径人踪灭。

可见，动态的流水，静态的山色是可观赏的；而静态的流水，动态的山色更是可玩味的。这种辩证法的思维在古人的诗词中多有体现。如"鸟鸣山更幽"，在动中体味静；"润物细无声"，在静中体味动，等等。再往深处去想，通过观赏动态的流水，静态的山色，通过玩味动态的山色，静态的流水，来细细琢磨朝代更迭，世态炎凉，毁誉臧否，贫富贵贱，生死祸福，朝云暮雨，平坦坎坷，三星短长。如此体察入微，定当受益匪浅。

当然，动观流水静观山，这句下联真要追究其出处，应该说离不开孔子《论语》雍也篇中的那段话："知者乐水，仁者乐山。知者动，仁者静。知者乐，仁者寿。"至少，孔夫子这段话可以作为理解这一下联的大背景。因为这段话似乎是孔夫子观山观水并长时间玩味山水体验人生的心得。在这里，孔夫子把儒家最高道德准则及核心追求的"仁"和儒家最重要也是最基本的道德品质之一的"智"拿来附之于山与水、静与动、乐与寿，并从中去探索格物致知的真谛，去提高人生修养的道德水准，进而带入仁者知者的高尚境界。这，大概也是撰联者的下笔之意。作为欣赏者，肯定是不能忽略的。

2013 年 12 月

俞樾与楹联

清代大学者俞樾，字荫甫，号曲园。他毕生致力于经学研究，考述甚丰，卓有成就。他除了在经学的大田中勤耕细作外，对于楹联这块小园圃也时常拾掇料理，为后世留下《楹联录存》七卷，共收楹联 1526 副。其中卷七的"春在堂挽言"238 副，乃为其亲友和门下弟子所撰。剔除这一部分外，《楹联录存》所收俞樾自制楹联 1288 副。此外，加上散见于《春在堂随笔》诸联，确也可观，足见俞樾楹联创作实践之勤，成果之丰。

《楹联录存》是俞樾的楹联创作专著，内中题材不外是楼台亭阁、婚丧嫁娶、园林书院、官署祠堂、同年友人、门生故吏等。从规制上看，五、七言的不多，每副楹联一般在二三十字之内。在长联制作上有所突破的，或者说有所探索的，是"彭刚直公祠联"，长达 314 字。他在此联的

原载《对联》1985 年一卷六号，后有较大改动，发表于《深交所》杂志 2007 年 7 月号。

小序中有这样一段话："世传云南大观楼联最长，合上下联亦不过一百八十字，今年湖上彭刚直公祠落成，其湖南同乡撰一长联寄余，点定其联凡二百七十字，余因亦自撰一联，共三百十四字。"如此看来，他制此联有夺长联之最之意。

不容忽视的是卷六的集字联汇编，他分别将秦篆《绎山碑》、汉隶《校官碑》《曹全碑》《鲁峻碑》《樊敏碑》、唐隶《纪太山铭》的碑文集字制联共 689 副，数量之多，大概可算是创有清以来集字联作者制作数量之最。而且，这些集字联，不是一般的拉郎配式的文字游戏，多为修身处世、读书治学之格言。如："道因时以立；理自天而开。""高以下为体；轻乃重之根。""尽日相亲维有石；长年可乐莫如书。""春华不若秋华好；今月常同古月明。""图难于易为大于小；视有若无居实若虚。"如果没有一种高深的学养、阔大的胸怀、精到的文字功底，那么，在这些碑文有限的可供选择的字数之内，恐难以奏此成效。

俞曲园的对联创作诗味浓，意境远。写景的有"天然画意"，抒怀的有"古中遗风"（见《楹联录存》）。他的楹联遣语隽永，格调清高。诸如为新安孙某的观旭楼和红叶读书楼题的两联："高吸红霞，最好五更看日出；薄游黄海，曾来一夕听风声。""仙到应迷，有帘幕几重，阑干几曲；客来不速，看落叶满屋，奇书满床。"为峨眉山馆的撰联："古墨尚存圣时石；遥看如对蜀中山。"为湖心亭题联：

"四面轩窗宜小坐；一湖风月此平分。"文字之美，意境之深，足令人回味无穷。

他为江苏臬署撰的几副楹联，很能引发为官者深省："听讼吾犹人，纵到此平反，已苦下情迟上达；举头天不远，愿大家猛省，莫将私意入公门。""读律即读书，愿凡事从天理讲求，勿以聪明矜独见；在官如在客，念平日所私心向往，肯将温饱负初衷。""燕息敢忘天下事？和平先养一家春。"有如此为官之理念，就在今天看来，也算是难得的了。

俞樾的晚年是很顺心如意的。一是学问顺达。他主讲诂经精舍长达 31 年，主要著作《群经平议》《诸子平议》等已经刊刻问世。二是他的门生捐资为其在西湖孤山之西南麓建了一座二层楼房，谓之俞楼，是俞樾晚年讲学著书和居住之所。三是孙子陛云有出息，进学名次第一，乡试名次第二，殿试又以第三名及第。俞樾喜不待言，欣喜之余，情不自禁撰了两副楹联志之。其一是："湖山恋我，我恋湖山，然老夫耄矣；科第重人，人重科第，愿吾孙勉之。"其二是："念老夫毕世辛勤，藏书数万卷，读书数千卷，著书数百卷；看吾孙更番侥幸，童试第一名，乡试第二名，殿试第三名。"

后有人评这两联，褒前贬后。褒前，是因为该联"亦自白，亦训诫，斯亦联之谨守分际中至佳者"。贬后，是因为该联"不免有所矜夸，与前联判若两途，诚不可同日而语"（见陆家骥《对联新语》）。

　　窃以为此番对后一联的评论未免失之偏颇。后联只不过是寓喜悦于写实之中，看到孙子如此出息，欣喜之情溢于言表，做老上人的那样一种高兴的心态实乃人之常情，古今同理。掩饰不住而形之于文，纯属自然。其实，这种感情根本也无须掩饰，如果人类的文字竟连这样一点感情的表达也不允许，也要受到指摘，那么，所谓的"不矜夸"恐怕就是虚伪了，或者是圆滑世故了。从这里，也可以看出俞樾性格上率真的一面。

　　要俞樾来一点小小的谦虚是很容易的。如有人给他书赠了一副楹联："家有百旬老母；身为一代经师。"他就以"下句非所克当"的谦虚，"虽受之而未敢悬也"，并要改下句为"春在一曲小园"（见《春在堂随笔》），不知此举合矜持之规否？

　　俞樾的晚年之顺心如意，我们还可以从一则楹联佳话中可以看出来。杭州灵隐有个冷泉亭，亭上有一副很有名气的对联："泉自几时冷起；峰从何处飞来？"后来有人分别写了两副楹联作答。一副是："在山本清，泉自源头冷起；入世皆幻，峰从天外飞来。"另一副是："泉水淡无心，冷暖为主人翁自觉；峰峦青不了，去来非佛子弟能言。"由此成为一段公案。

　　这年秋天，俞樾和他的老伴牵手登灵隐游冷泉，他们在冷泉亭上小坐，看了那副对联后，老伴认为此联的问语很智慧，请俞樾作答。俞樾文思敏捷，立即答曰："泉自有时冷起；峰从无处飞来。"老伴说："倒不如这样回答更好些：泉自冷时冷起，峰从飞处飞来。"此言一出，果然更显出一种智慧，老夫妻俩相视大笑。过了几天，俞樾的次女来家，老爸就将前几日冷泉亭上的一番话说与她听，并要她也作对相答。她想了好一会，笑着回答道："泉自禹时冷起；峰从项处飞来。"父惊问："项字何指？"女曰："不是项羽将此山拔起，安得飞来？"说得众人大笑一番。三副答对，显示了一家三人的智慧和文采，也显示了一个学问之家与众不同的乐趣。（见《春在堂随笔》）

俞樾培养的学生很多，可谓是桃李满天下。其时，有一位日本东京来的留学生井上陈子德，也授业于俞樾门下。井上陈子德的父亲钰吉君六十岁时，他为了给父亲做寿，特请老师为其父撰一副寿联。俞樾慨然应允，欣然命笔，联曰："有令子万里来游，言家庭期望深心，外则贤父，内则贤母；祝而翁百年偕老，看郎君讲求实学，处为名士，出为名臣。"中国学者特为外邦人士撰书对联恐怕是极为罕见的，此当是对联史上的补白之笔，亦可视为中日人民世代友好的一则佳话。

俞曲园晚年尤爱静坐，常以此得趣。他曾撰一联曰："七旬外老翁，固知死之为归，生之为寄；半日内静坐，不识此是何地，我是何人。"此联有似佛家偈语，出世味较浓。

最为有意思的是，他生前即为日后仙逝自撰了一副挽联："生无补乎时，死无损乎数，辛辛苦苦，著成五百卷书，流播四方，是亦足矣；仰无愧于天，俯不怍于人，浩浩荡荡，历数八十年事，放怀一笑，吾其归乎？"这是一种以楹联样式写成的自我鉴定，俞樾之前，不知有人做过否？如果没有，那就是俞樾在对联创作题材上的一个突破了。此联对生与死的思索极为透彻，极为达观，生当勉力，死而如归，坦坦荡荡，从从容容，德学兼容，豪谦相映，气魄恢宏，囊括平生，诚非德高学厚之大手笔者不能出！

读《楹联录存》，我们还看到，俞樾撰联，多有序言。他这是借鉴了诗词序言的形式。序言内容，或记时，或记地，或记人，或记事，它对于读者准确地了解楹联的意义提供了背景材料。如上文提到的为日本留学生的父亲撰的寿联，如果没有序言可考，今天我们就无法了解它的来龙去脉，进而理解它的意义了。

俞樾于楹联既有大量的创作实践，也有零星的理论探讨，这是今日楹联研究者所不该忽视的。例如，他曾说过："楹联乃古桃符之遗，不过五言七言，今人有至数十字者，实非体也。"这是他对楹联规制的独特见解，作为学术上的一家之言，这种见解自有它一定的意义。

唐太宗的《吊文》和李太白的《碑文》

　　和县《历阳林氏宗谱》内收有唐太宗李世民的《吊文》和唐代大诗人李白的《忠烈祠碑文》，展卷阅之，颇有所获，窃以为这都是民间家谱的精粹之作，故于欣赏之余，笔墨记之。

　　李世民的《吊文》写于大唐贞观十九年，即公元 645年。这一年，唐帝国进行了一次准备已久的大规模的军事行动，就是东征高丽。二月十二日，唐太宗亲自率领大军从洛阳北上，向辽东进发。东征途中，当大军驻扎商墟时，作为想在文治武功上大有建树的一代君主，唐太宗自然而然地想起了一个人，那就是在中国历史上以死谏君的忠臣之典范，被孔子赞誉为"三仁第一"故称"天下第一仁"的比干。

　　比干，殷朝沫邑（今河南省淇县）人，生于公元前

　　原载《和县文史资料》第七辑。

1092 年，卒于公元前 1029 年。纣王执政之初，比干尽力辅佐。纣王为扩大疆域东征西讨，比干辛苦理政。纣王回朝，比干还政。后纣王迁都朝歌，大兴土木，欢娱无度，荒淫暴虐，生灵涂炭。比干在朝内任少师，屡次规劝无果，最后冒死强谏。纣王大怒，命人对他剖胸摘心。传说比干死后，骤然间狂风大作，天昏地暗，比干的尸体被飞沙走石所掩埋，成为中国第一座有记载的坟丘式墓葬。

在比干的身上，凝聚着中国传统的"忠"字文化。历代的统治者出于自身的利益需要，当然不会轻易放过这一千古难遇的忠臣典型，于是，动用各种形式大加宣扬。周武王封墓，北魏孝文帝立庙。历代皇帝或下诏封谥，或亲临祭祀。这些历史，一定也对唐太宗产生了不可磨灭的影响。于是，当唐太宗东征途中路过商墟时，无论是从巩固皇权的需要出发，还是从成就自己的文治武功需要出发，他都不能无动于衷。这才有了吊赠的一系列活动。他下诏追赠比干为太师，谥曰忠烈。并"遣大臣持节吊赠，申命郡县，封墓葺祠，置守冢五家"。也正是在这吊赠的一系列活动中，才有这篇《吊文》的出炉。

据说，河南卫辉市的比干庙碑廊中有唐太宗的《封殷太师比干诏》。《吊文》是否与那石刻诏文为同一篇文字呢，笔者没去过比干庙，无从比对，所以不得而知。但可以肯定的是，两者应该是一回事。

《历阳林氏宗谱》中的唐太宗《吊文》，对比干的金石之心、高风亮节大加褒扬，对"道丧时昏，正直难居"的比干处境深表惋惜。难能可贵的是，唐太宗能够透过有着600多年历史的殷商帝国的灭亡事件，得到一个朝代更替的某些规律性的认识，这就是文中所说的"然则大厦将崩，非一木之能正；天命去矣，岂一贤之可全?"尽管内中有"天命"二字，但这话是从一个一千多年前的皇帝口中说出来的，今人当不应苛求。《吊文》后部分的感慨之辞绝不是空发思古幽情，"嗟往哲之不追，叹后贤之未及"，一嗟一叹之间，既表达了一个开明的封建帝王对"忠良"的渴求，也微妙地表述了唐太宗对臣民的要求、激励和鞭策。

大诗人李白所撰的《忠烈祠碑文》是在唐太宗《吊文》写作时间100多年之后的天宝十年，即公元751年。《历阳林氏宗谱》2007年续修本中所刊的《忠烈祠碑文》，文字错误较多，这里恕不赘述。笔者曾将《李太白全集》卷三十中的《比干碑》一文录于《忠烈祠碑文》之后，供读者比对。其实，《比干碑》中的文字也存在一些错误，这都属于古籍整理校订方面的问题。

《忠烈祠碑文》的落款"大唐天宝十载翰林院供奉李白撰文"当是后人所为。因为，此时的李白早已不在翰林院为官了。

李白的《忠烈祠碑文》，首先是陈述了太宗的在商墟的吊赠活动，点明其主旨在于"比干之忠益彰，臣子得以述其志也"。然后，李白对比干之死进行了评述，从"殷有三仁"的对比中，论及"仁"之多元性，从生与死的选择中，透视生命的意义。"非捐生之难，处死之难；非处死之难，得死之难。故不可死而死，是轻其生，非孝也；得其死而不死，是重其死，非忠也。"进而对比干死谏的意义给予了高度评价："成汤之业，将坠于泉，商王之命，将绝于天，整扶其危，遂谏而死。剖心非痛，商亡是痛，公之忠烈，其若是乎？""公存而商存，公丧而商丧，兴亡所系，岂不重欤？"这里，李白将比干的"存""丧"与商之"兴""亡"对等起来，这与唐太宗的"然则大厦将崩，非一木之能正；天命去矣，岂一贤之可全？"两相比较，对于个人所起的历史作用，双方显然在认识上存在着很大差距。

接着，李白进一步从人伦大统，父子君臣的关系上论及比干的意义。他认为比干在这方面绝对是一个榜样。"太师存则正其统，没（殁）则垂其教。""必将建皇极，叙彝伦，扩在三之规，垂不二之训，以昭于世。"他认为通过比干这一形象，可以得到这样的效果："移孝于亲，而致之君焉。""夫孝于其亲者人之亲，皆愿其为子也；忠于其君者人之君，皆愿其为臣也。"一句话，通过这一形象，可以维护君君臣臣、父父子子的封建统治秩序。李白因而得出这样的结论："故历代帝王莫不旌显……"应该说，李白的分析是完全正确的。碑文的结尾是一小段铭文，短短的 40 个字，无非是要告诫后人永记为人为臣的一些原则。

一个皇帝的吊文，一个大诗人的碑文，愈加使比干

"身灭而名益大，世绝而祀愈长"。当然，两篇文章的出发点和主旨其实都是一样的，那就是都在宣扬一种忠君理念，龙跃凤翔，必资鳞羽；圣人立教，惩恶劝善。

周武王灭商建周，为比干封墓，赐比干之子泉为林姓，赐名为坚，封河清公，食采于博陵（今河北省安平县一带）。林坚为林姓的始祖，比干为世界林氏之太始祖。河南卫辉比干庙，乃天下林氏之根。所以，《历阳林氏宗谱》一直保留着褒扬比干的唐太宗《吊文》和李白《忠烈祠碑文》，一是说明该族源远流长；二是族谱中收有一代明君和一代大诗人所作的赞颂文章，也是对本族辉煌历史的展示；第三，自然是林族希冀老祖宗的精神存之不朽，永济后人。

附：

唐太宗吊文

李世民

唐帝敬遣太府卿萧钦、宗正少卿附马都尉长孙冲，以少牢奠殷故少师之灵。曰：朕闻龙跃凤翔，必资鳞羽；圣主御下，必藉忠良。惟公诞灵山岳，降德星辰，苞金石以为心，蕴松桂而著质。不以夷险易操，不以利害变节。孟津之师，挹高风而莫进；朝歌之威，资至德而延期。且道丧时昏，正直难居，是以江汉毛龟残形。由于蕴兆荆山，和璞碎质，以其怀瑜丹耀彩而磨肌，翠含色而鲜羽。惊风拂野，树先凋零；雨披枝高，花蚤坠良。由含奇炫美，独秀孤贞，虽道烛存亡，讵获免凶残之累，智周万物，不能离颠沛之艰。然则大厦将崩，非一木之能正；天命去矣，岂一贤之可全？且夫举过显谏，存诚不欺忠臣之义也。三谏不入，奉身而退，圣人之道也。何必殉形于主，以见商殷之亡；剖心于朝，以深独夫之罪。嗟往哲之不追，叹后贤之未及，所以永怀千古，驻驾九霄；凄怆风烟，靡寻馀迹；荒凉丘垅，空负其名。周武封墓，孔圣表德，异世同臣。虽今古殊途，年代冥漠，式遵故实。爰赠太师，游魂不逝，鉴此嘉诚。

大唐贞观十九年乙巳二月己亥朔二十日戊午吉

忠烈祠碑文

李　白

太宗文皇帝既一海内，明君臣之义。贞观十九年东征，师次商墟，乃下诏追赠商少师比干为太师，谥曰忠烈。遣大臣持节吊赠，申命郡县封墓、葺祠、置守冢五家，以少牢时享，著于甲令，刻于金石。故比干之忠益彰，臣子得以述其志也。

昔商王受辛毒痛四海，德悖三正，肆厥淫虐，下罔敢谏，于是微子去之，箕子囚之，而公独死之。非捐生之难，处死之难；非处死之难，得死之难。故不可死而死，是轻其生，非孝也；得其死而不死，是重其死，非忠也。王之叔父，亲莫至焉，国之元臣，位莫崇焉。高不可以观其危，亲昵不可以忘其祖。惟我成汤之业，将坠于泉；商王之命，将绝于天。整扶其危，遂谏而死。剖心非痛，商亡是痛，公之忠烈，其若是乎？故能独立危邦，横抗兴运。周武以三分之业，有诸侯之师。咨十乱之谋，总一心之众。当公之存也，则戢彼西土；及公之丧也，乃观于孟津。公存而商存，公丧而商丧，兴亡所系，岂不重欤！且圣人立教，惩恶劝善而已矣。

人伦大统，父子君臣而已矣。太师存则正其统，没（殁）则垂其教，奋乎千古之上，行乎百王之末，俾乎淫者惧，佞者惭，睿者思，忠者劝。其为戒也，不亦大哉。而夫子称殷有三仁，岂无微旨。盖存其身，存其祀，仁也。亡其身，亡其国，亦仁也。若进死者，退生者，狂狷之士将奔走焉。褒生者，贬死者，宴安之人将力焉。故同归诸仁，各顺其志。殊途而一揆，异行而齐致，俾后之人优游而自得焉。此春秋微婉之义也。必将建皇极，叙彝伦，扩在三之规，垂不二之训，以昭于世。则夫人臣者，既移孝于亲，而致之君。

焉有闻亲失而不争，睹亲危而不救，从容安地而称得礼，甚不然矣。夫孝于其亲者，人之亲皆愿其为子也；忠于其君者，人之君皆愿其为臣也。故历代帝王莫不旌显。

周武下车而封其墓，魏氏南迁而创其祠。我太宗有天下，裡百神而成其礼。追赠太师，谥曰忠烈，申命郡县，封墓葺祠。于乎！哀伤列辟，玉食旧封，德为神明，秩视群望。身灭而名益大，世绝而祀愈长。然后知忠烈之道，其感激天人深矣。天宝十祀，命尉于卫，拜扫祠堂，刻石铭表，以志丕烈。祠（铭）曰：縻躯匪仁，蹈难匪智，死于其死，然后为义，忠无二体，烈有馀气，正直聪明，至今犹视，咨尔来代，为臣不易。

大唐天宝十载翰林院供奉李白撰文

读史随笔

（一）宋仁宗——历代帝王的异数

在中国封建社会这个庞大的历史舞台上，有一个号称"真龙天子"的群体，大概有好几百人之众吧。他们按照历史的先后顺序，排着一支长长的队伍，"你方唱罢我登场"。说起来，这不外乎就是个上上下下的事儿，可那一上一下之间就要涉及改朝换代，国计民生。他们登台后，随着"剧情"的深入，随着朝代的更迭，就有了正史、野史，传闻轶事，对这些帝王明星也就有了老百姓的说事、文人的物议、史家的评判一类文字。根据这些文字，我们可以看出，在这支帝王队伍中，有一个人真可算是个异数，那就是宋仁宗赵祯。

宋朝是中国古代历史上经济与文化教育最繁荣的时代。著名史学家陈寅恪曾指出："华夏民族之文化，历数千载之演进，造极于赵宋之世。"真正的史家的判断绝不会是信口开河，而是有大量的史实作为依据的。

宋仁宗赵祯是宋朝的第四代皇帝。《宋史》载："仁宗体天法道极功全德神文圣武睿哲明孝皇帝，讳祯，初名受益。真宗第六子，母李宸妃也，大中祥符三年（1010年）四月十四日生。"卒于嘉祐八年（1063年）三月二十九日，庙号仁宗，葬于永昭陵。其即位时只有十三岁，由章献太后垂帘听政，十一年后亲政，在位四十二年。嘉祐八年，仁宗病逝，终年五十四岁。他任职期间，名臣辈出，政治清明，天下太平，国泰民安，经济繁荣，科学技术和文化都得到了很大的发展，政府还正式发行了世界上最早的纸币（"官交子"），达到宋王朝鼎盛时期。史家把仁宗在位及亲政治理国家的这一时期概括为"仁宗盛治"。在大多数宋人眼里，"仁宗盛治"远过"贞观之治""开元盛世"。

清朝的小说《东坡诗话》云："宋朝全盛之时，仁宗天子御极之世。这一代君王，恭己无为，宽仁明圣，四海雍熙，八荒平静，士农乐业，文武忠良。真个是：圣明有道唐虞世，日月无私天地春。"这基本上代表了几百年来"仁宗盛治"在民间世人眼中的地位。《宋史》是这样评价赞美仁宗及其盛治的："（仁宗）在位四十二年之间，吏治若偷惰，而任事蔑残刻之人；刑法似纵弛，而决狱多平允之士。国未尝无弊幸，而不足以累治世之体；朝未尝无小人，而不足以胜善类之气。君臣上下恻怛之心，忠厚之政，有以培壅宋三百余年之基。子孙一矫其所为，驯致于乱。"

宋仁宗不仅是两宋在位时间最长的皇帝，同时也被认为是宋朝最好的皇帝。有人说，论能力，他不如宋太祖有雄才大略，论学问，他不如宋徽宗多才多艺；但论生前死后的名声，他却是宋朝十八帝中最好的一位皇帝。《宋史》赞曰："《传》曰：'为人君，止于仁。'帝诚无愧焉。"历史上获此殊荣的仅此一人。嘉祐四年（1059），以宰相富弼为首的群臣连续五次上表请求给他加尊号为"大仁至治"，赵祯没有批准。但他死后，再也阻止不了群臣给他加上"仁"的尊号了。"仁"是对帝王的最高评价。他们认为仁宗的好主要好在"仁"字上。"仁"字自先秦以来是一种含义极广的道德范畴。本指人与人之间相互亲爱。《论语·颜渊》："樊迟问仁。子曰：'爱人。'"又："克己复礼为仁。一日克己复礼，天下归仁焉。""仁"是儒家思想的核心追求。儒家把"仁"作为最高的道德准则，并形成了以"仁"为核心的伦理思想结构，它包括孝、弟（悌）、忠、恕、礼、知、勇、恭、宽、信、敏、惠等内容。正是这一个"仁"字，贯穿于仁宗在即位后、主要是亲政之后的整个执政期间，他在处理朝堂事务、官场人事乃至日常人际关系等等大大小小的问题上，所坚持所表现出来的道德原则、道德标准和道德境界，从而彰显了他征服朝野甚至是征服敌方人心的独特的人格魅力。

只要看一看宋仁宗驾崩后的那些个画面，人们就会对这个人有个轮廓的认识了。史载，仁宗驾崩的消息从皇宫传到街市后，"京师罢市巷哭，数日不绝"，开封街头的一个小乞丐，起初一愣，接着竟放声大哭，踉踉跄跄就往皇宫方向跑。谁知宫门外早挤满了人，褴褛的乞丐、斯文的书生、稚气的小孩，他们皆身披白麻，焚烧纸钱，哭于大内之前。第二天，焚烧纸钱的烟雾飘满了城市上空，以至"天日无光"。更为奇特的是，当讣告送到敌对的辽国后，竟至"燕境之人，无远近皆哭"，时为辽国君主的辽道宗耶律洪基也深感突然，深感吃惊，深感痛惜，冲上来就抓住宋国使者的手痛哭着说："四十二年不识兵革矣。"史载，辽道宗"惊肃再拜，谓左右曰：'我若生中国，不过与之执鞭持，盖一都虞侯耳！'"。"其后北朝葬仁宗皇帝所赐御衣，严事之如其祖宗陵墓云。"且不说仁宗身边那些前呼后拥的大臣、侍卫、宫女一干人等，就连那些八竿子打不着边的小民百姓，甚至是敌对势力的从普通大众到头头脑脑，都对仁宗的去世表示痛心疾首，由此可见宋仁宗是怎样的深得人心，更是突显了宋仁宗非同寻常的人格魅力。直到宋仁宗去世 700 年后，中国封建社会后期那个赫赫有名的乾隆皇帝，也不得不承认：平生最佩服的三个帝王，除了爷爷康熙和唐太宗，就是宋仁宗了。

这一切应该是他的人格魅力所致，也只有这样来解释方可说得通。这也是称宋仁宗为历代帝王中异数的原因之一。

帝制时代，皇权是至高无上的。可是宋仁宗好像心存一个"畏"字，不敢滥用这个"权"字。仁宗有一个心爱的女人张贵妃，她多次想通过吹枕头风，要仁宗为她的伯父张尧佐谋取宣徽使一职。据说有一天上朝前，张贵妃送仁宗至殿门口，再三叮嘱道："官家，今日不要忘了宣徽使！"仁宗答道："放心！放心！"结果怎样呢？在殿上，仁宗刚一提到张尧佐的事，谏官包拯便站出来，陈述种种理由反对，话越说越多，越说越激动，老包的唾沫星子溅了仁宗皇帝一脸。最终的结果呢，是仁宗并没有动用皇权来完成这项任命，而是选择了宁可得罪美人，放弃任命打算。宋人的笔记《曲洧旧闻》是这样写的："既降旨，包拯乞对，大陈其不可，反复数百言，音吐愤激，唾溅帝面，帝卒为罢之。温成遣小黄门次第探伺，知拯犯颜切直，迎拜谢过。帝举袖拭面曰：'殿丞向前说话，直唾我面。汝只管要宣徽使、宣徽使，岂不知包拯为御史乎？'"廷对整个过程没有记叙仁宗的语言态度，"帝卒为罢之"是事情的结果，其实这个结果就鲜明地表示了仁宗认同了包拯反对任命的理由，当场纳谏了。后面的记叙其实就是表现仁宗给自己的宠妃搪塞的艺术。虽说赵宋王朝有那种皇权、相权、谏权相互制衡、良性互动的政治体制，但这毕竟是帝制时代，仁宗皇帝真正要动用皇权把自己宠妃的大伯挪一挪位置，又有好大事？可他没有这样做，而是以他自己执政的道德准则，成全了包拯刚直不阿的"包青天"形象的脱胎面世，并得以让后世借助小说、戏剧等多种文艺形式将这一艺术形象流传千古而不衰。

其实这并不是个例，仁宗朝出现了一大批有风骨、惜名节、讲气节，不计利害得失，不怕贬降，直言敢谏的士大夫，更是出现了一大批对后世也产生深远影响的"先天下之忧而忧，后天下之乐而乐"的名臣名将，诸如范仲淹、欧阳修、富弼、韩琦、狄青等。正是这样一些表现仁宗执政期间所奉行的道德准则史实的小故事，基本上从一个个侧面都可让人窥伺到他这一朝比较清明的政治。政治的清明为人才的脱颖而出提供了必要的条件，"包青天"只能是政治清明的产物，没有了清明的政治环境，"包青天"是产生不了的。北宋学者邵伯温指出："盖帝知为治之要：任宰辅，用台谏，畏天爱民，守祖宗法度。时宰辅曰富弼、韩琦、文彦博，台谏曰唐介、包拯、司马光、范镇、吕诲云。呜呼，视周之成、康，汉之文、景，无所不及，有过之者，此所以为有宋之盛欤？"宋仁宗是想有所作为的，不然就不会有庆历新政。当他面对着土地兼并及冗官、冗兵、冗费现象日益严重，成为国家的沉重负担时，便毅然起用范仲淹、富弼等人推行一场政治改革运动，意在通过改革，达到兴利除弊、富国强兵的目的。由于操之过急，加上改革遭到既得利益阶层的强烈反对，新政很快就失败了，虽然失败了，但它成为王安石变法的前奏。

在宋代，由衷地歌颂仁宗赞美其政绩的人太多了，这些人包括欧阳修、司马光、王安石、曾巩、胡安国、刘光祖、周必大、杨万里、王璧、陈俊卿、刘克庄、赵汝腾、叶适、王十朋、文天祥等等，需要搞清楚的是，这些人可不都是马屁精哦。皇帝知人善用，人才用得其所，朝堂群英荟萃，文武名臣辈出，这也是称宋仁宗为历代帝王的异数的重要原因。

宋仁宗得到后世很多的政治家和历史学家交口称赞的重要一点是他的宽容和气度。气度恢弘、阔大，宽容海纳百川。他的大度大到别人装不下，也不敢装，更不能装的程度；他的宽容达到世人皆以为容不了，容不起，甚至达到使接受宽容的人自己也感到难以自容的程度。

宋人的笔记《曲洧旧闻》载："一举子献诗于成都府云：'把断剑门烧栈道，西川别是一乾坤。'知府械其人，表上其事，仁宗曰：'此老秀才急于仕宦而为之，不足治也。可授以司户参军，处于远小郡。'其人到任，不一年，惭恚而死。"

这段文字是说，有这样一个举子，给成都知府献了一首诗，诗中有这样两句："把断剑门烧栈道，西川别是一乾坤。"知府吓了一身冷汗，这不是公然煽动我造反吗？连忙派人把他抓了起来，并上报朝廷。仁宗看了奏章后表现得相当优雅，没有疑神疑鬼，没有大惊小怪，更没有借此大兴文字狱，他在一眼洞穿实质后说：这个老秀才就是想当官想得急了，也不算犯多大法，可以给他一个小官当当，放到僻远的小郡去吧。这个老秀才上任去了，不到一年，

203

老秀才就惭恧而死。惭恧（cán nù），就是羞惭的意思，即自己感到羞耻惭愧而死。这就是仁宗的宽容，宽容到让被宽容者自己感到无地自容，甚至羞死你。

宋人笔记《邵氏闻见录》载："程文简公判大名府，时有府兵肉生于臂，蜿蜒若龙伏者。文简收禁之以闻，仁宗诏宰辅曰：'此何罪耶？'令释之。后此兵以病死。"

这个小兵蛋子又是一例。他的手臂上的肉长得像一条蜿蜒的龙伏在那里，龙是皇帝的图腾，这不是要造反吗？搁在之前之后的任何一个朝代，这个兵蛋子的项上人头定是不保。因为这个情况会让皇帝心生疑惑，担忧别人日后会抢夺他的江山。唐太宗当年就因为一太史占云："女主昌。"加之民间又传《秘记》云："唐三世之后，女主武王代有天下。"于是忧心积虑。恰与诸武臣宴宫中，在行酒令时，让诸武臣各报自己的小名。李君羡自言名"五娘"，唐太宗即刻愕然，又以李君羡官称封邑皆有"武"字，深恶之，后出为华州刺史。于是找个理由，说他与妖人交通，图谋不轨，把李君羡给诛杀了。前车之鉴不远。果然，那个府兵立即被捕，关进大牢。仁宗皇帝在了解这个情况后，只说了四个字"此何罪耶？"就把这个兵蛋子的小命保了下来，并释放了。这种气度，这种宽容的底气反映的是一种什么心态？是满满的自信啊。

宋仁宗对文人的宽容更是给后世留下了许多佳话。

明代蒋一葵写的纪传体通史《尧山堂外纪》记下了这

样一个故事："宋子京（宋祁）过御街，逢内家车子，中有褰（qiān）帘者曰：'小宋也。'子京归，遂作《鹧鸪天》云：'宝毂雕轮狭路逢，一声肠断绣帏中。身无彩凤双飞翼，心有灵犀一点通。金作屋，玉为笼。车如流水马如龙。刘郎已恨蓬山远，更隔蓬山几万重。'其词传达禁中，仁宗知之，问内人第几车子，何人呼小宋，有内人自陈：'顷侍御宴，见宣翰林学士，左右内臣曰："小宋也。"时在车子中偶见之，呼一声尔。'上召子京，从容语及，子京惶惧无地。上笑曰：'蓬山不远。'因以内人赐之。"

年轻的翰林学士宋祁从御街经过，正好碰上皇家车队从身边经过，其中一辆车子上有人撩起窗帘向外看，刚好看到了宋祁，就轻轻地喊了一声"小宋"。这一声亲切的召唤叫宋祁半天缓不过神来，回去后强捺住怦怦跳的心，一口气填了那首《鹧鸪天》。别看这首词上下阕的歇拍句都出自李商隐的诗，"车如流水马如龙"也是出自李煜的《望江南》，好像是东拼西凑之作，但这些借来的早在心中发酵过的诗句嵌入词中都显得十分别致，实是恰到好处地把它们都融进了自己的诗境。一时间，这首词在京城火起来了，大街小巷争相传唱。有好事者把这件事传到仁宗的耳朵里，也许是好奇，也许是担心出什么事吧，仁宗到后宫追问起这件事来。这时一个宫女站了出来，她解释说；"皇上啊，事情是这样的，奴婢以前曾经在御宴上服务过，有次陛下喊翰林学士，太监说那个是小宋，这样我就留下了印象。

那天我坐在车上刚刚撩起窗帘，突然看到那个人，我便情不自禁地探出头去喊了一声小宋。"仁宗心中有了底，立即传旨让宋祁进宫。宋祁莫名其妙被传进宫，正感到很迷茫，仁宗又招待他喝起酒来，闭口不谈正事，一杯酒下肚，觉得这事情不对劲，突然背景音乐响起，皇家乐队正奏起他写的《鹧鸪天》。听到这曲子，宋祁吓愣了，吓蒙了，露出一脸的惊慌恐惧，看着他那副模样，仁宗哈哈大笑，"从容语及"，他让宋祁起身，将那个喊他小宋的宫女赐给了宋祁，并以玩笑的口吻告诉他："其实蓬山也不远嘛！"仁宗既宽容了年轻官员的轻薄，也成就了一段文人佳话。

作为历代帝王的一个异数，仁宗身上显著特征之一就是宽容大度，爱才、惜才、容才、纳才。许多读书人从中获益。

再说一个大文人苏辙。嘉祐年间，苏辙参加进士考试，把道听途说的一些东西写进了试卷："我在路上听人说，在宫中，美女数以千计，终日里歌舞饮酒，纸醉金迷。皇上既不关心老百姓的疾苦，也不跟大臣们商量治国安邦的大计。"考官们阅后，大加挞伐，认为苏辙是在无中生有、恶意诽谤，要治重罪。仁宗把头摇摇，却说："朕设立科举考试，本来就是要欢迎敢言之士。苏辙一个小官，敢于如此直言，应该特与功名。"苏辙仅仅依据道听途说，便在科考的卷子中"肆意攻击"最高当局，这要搁在任何朝代，也不可能被录取的，甚至脑袋都要搬家。也只有仁宗的宽容大度，才成就了苏辙的仕途。

由于仁宗皇帝对读书人的大度和宽容，读书人有了较好的生存空间和发展环境。唐宋八大家中有六位都是宋朝的，而他们全都成名或者成长于宋仁宗时期；北宋儒学的代表人物周敦颐、邵雍、张载、程颐、程颢也都成长在这一时期，十一世纪最伟大的两大改革家范仲淹、王安石，都是成长生活于这个时期；《梦溪笔谈》的作者沈括，活字印刷的发明者毕昇，还有像晏殊、欧阳修、梅尧臣、苏舜钦、蔡襄、柳永、韩琦、富弼、文彦博、司马光等等这些我们耳熟能详的著名政治家、文学家、思想家、科学家、军事家，全部都活跃在宋仁宗时期的历史舞台上。这真正是一个文人荟萃，群星闪耀的时代；是一个让后世人钦慕不已、追思不已的时代；是一个让后世人称之为"文人最好的时代"的时代。

仁宗作为九五之尊，自己却能处处做到严于律己，宽以待人。

《闻见近录》《邵氏闻见后录》都记载了这样一件事：谏官王素劝谏仁宗不要亲近女色，仁宗说："最近，王德用确实进献了一些美女给我，现在还在宫中，我很中意，你就让她们留下吧。"王素说："臣今日进谏，正是恐怕陛下为女色所惑。"仁宗听了，虽面有难色，但还是即刻命令太监说："王德用送来的女子，每人各赠钱三百贯，马上送她们离宫，办好后就来报告。"讲完，他还泪水涟涟。王素说:"陛下认为臣的奏言是对的,也不必如此匆忙办理。那些女子既然已经进了宫,还是过一段时间再打发她们走为妥。"赵祯说:"朕虽为帝王,但是,也和平民一样重感情。将她们留久了,会因情深而不忍送她们走的。"

这些虽说是宋人笔记中的记载,但也可以看作是对正史的佐证和补充,正史中就提到仁宗朝宫中多次放宫女出宫的事。皇帝身边多女人,这是皇帝的特权。仁宗纳谏送宫女出宫,这是他的检点和自律。

仁宗的自律不是作秀做给人看的,而是对自己严格的要求,他处理事务原则性很强,即使是对身边体己的人。

一天,仁宗退朝回到寝宫,没有脱皇袍就摘下头巾,忙不迭地说:"头上太痒了。"呼唤梳头宫女进来替他梳头。梳头宫女见仁宗怀中有一份奏章,问道:"陛下怀中揣的是什么文件?"仁宗说;"是谏官的奏章。"问;"所奏何事?"仁宗说:"大雨下了这么多天,恐阴盛之罚,他建议减少侍妾与宫女。"这个宫女说:"朝廷官府那些大臣家里尚且都有歌伎舞女,一旦升官,还要增置。陛下的侍妾与宫女多一两个人,他们却建议要削减,岂不太过分了!"仁宗没有接口。宫女又问:"他们的建议,陛下准备采纳吗?"仁宗说:"谏官的建议,朕当然要采纳。"这个宫女自恃一贯为皇上所宠信,就说:"如果采纳,请以奴才为削减的第一人。"仁宗听了,顿然站起呼唤主管太监,将名册带到内苑来,同时传旨内苑守门侍卫,任何人包括皇后都不准进来。

然后亲自指挥裁削 30 个宫女，那位梳头宫女放在遣散名单的第一位。那天，直到名单上的宫女全部送出皇宫后，仁宗才吃饭。事后，慈圣太后云："掌梳头者，是官家所爱，奈何作第一名遣之？"帝曰："此人劝我拒谏，岂宜置左右。"因此，慈圣太后背地里再三告诫那些嫔妃切勿乱讲乱说，更不要干涉朝政："你们看见那个梳头宫女的下场了吗？皇上是不能容忍这样的人在身边的。"

仁宗皇帝仁性宽厚，一生节俭，不事奢华，如发现贪赃枉法的官员绝不姑息，必加重罚。在日常生活中并不因为自己是高高在上的帝王而为所欲为地大肆挥霍，相反，他时时注意克制自己的欲望，哪怕是像普通人那样的正常欲望也注意约束，使节俭的品德做到一以贯之。

据《东轩笔录》载，仁宗一日早起，对近臣说："昨夜因不寐而甚饥，思食烧羊。"近臣曰："何不降旨取索？"仁宗曰："比闻禁内每有取索，外间遂以为制，诚恐自此逐夜宰杀，则害物多矣。"一天，仁宗处理事务到深夜，又累又饿，很想吃碗羊肉热汤，但他忍着饥饿没有说出来，第二天，皇后知道了，就劝他："陛下日夜操劳，千万要保重身体，想吃羊肉汤，随时吩咐御厨就好了，怎能忍饥使陛下龙体受亏呢？"仁宗对皇后说："宫中一时随便索取，会让外边看成惯例，我昨夜如果吃了羊肉汤，御厨就会夜夜宰杀，一年下来要数百只，形成定例，日后宰杀之数不堪计算，为我一碗饮食，创此恶例，且又伤生害物，于心不忍，因此我宁愿忍一时之饿。"

又据《后山谈丛》载："仁宗每私宴，十合分献熟食。是岁秋初蛤蜊初至都，或以为献，仁宗问曰：'安得已有此耶？其价几何？'曰每枚千钱，一献凡二十八枚。上不乐，曰：'我常戒尔辈为侈靡，今一下箸费二十八千，吾不堪也。'遂不食。"

做皇帝做到仁宗这样地步，想吃一碗羊汤也要自我克制忍饥挨饿，嫔妃献几枚初上市的蛤蜊因嫌奢靡而拒食，这在历代帝王中不仅是个异数，恐怕是独一无二的了。

一个领导者如何对待下级，特别是在等级森严的封建社会，一个统治者，如何对待仆人，他在行为、语言、态度上的种种表现，往往一眼就可以看出这个人的品格和胸襟。

《东轩笔录》记载了仁宗的这么一个小故事。春天某日，仁宗在后花园散步，侍从们看到，仁宗一边走，一边不停地回头朝后看，大家都搞不清皇上是什么意思。回到后宫，仁宗对宫女说："渴很了，快给我倒杯热茶来。"宫女说："皇上，你口渴这么久，为什么不在外面取水喝？"仁宗说："吾屡顾，不见镣子，苟问之，即有抵罪者，故忍渴而归。"镣子，宋代掌管茶水的人。仁宗说，我回头找了好多遍，就是找不到镣子，如果问别人吧，那这镣子就是失职，马上得给他降罪。所以我就一路忍着，回来喝了。

还有一个小故事与上述的相近。仁宗有一次用餐，他正吃着，突然吃到了一粒沙子，牙齿一阵剧痛，他赶紧将沙子吐出来。这时，他对陪侍的宫女说："我吃到沙子的事，你们千万不许声张，这对烧饭的人来说可是死罪啊。"

从上面两个小故事，我们可以看到宋仁宗对仆人的确很仁慈。都说是仁者爱人，仁宗不仅有爱心，而且能做到加以呵护，且细致入微。对待仆人的疏忽或过失，他首先考虑的不是带给自己的不方便、不舒适甚至是很难受，而是立马想到相关仆人因此而可能带来的被追责和被问罪，他完全是用那种推己及人之良苦用心对待仆人，他的呵护之举甚至是在被呵护人在完全不知情的情况下进行的。如此高高在上却又心系脚下苍生的统治者在历代帝王中能不是个异数？太是个异数了！

难怪每逢改朝换代，中国的老百姓总是盼望能出个明君仁君，出一批好官清官，可是一个又一个现实无情地告诉他们，又是美梦一场。梦醒后，百姓面对的现实只能是；兴，百姓苦；亡，百姓苦！即便历史上不乏立志做尧舜之事、建尧舜之功的国君，可是有几人真正能够心存尧舜之仁，以爱民之政兑现爱民之心，以爱民之心实现爱民之政，终能成就尧舜之名的？

当然，上面谈的都是作为历代帝王的异数宋仁宗光鲜的一面，他"背光"的一面也不少。其后的历史学家和政治家都有所评说，诸如：对西夏的战争屡战屡败，被迫以"岁赐"银、绢、茶妥协，对辽也以增纳岁币求和；庆历新政操之过急，波及面过大；仁宗朝大臣蔡襄曾说他"宽仁少断"。明代思想家王夫之在评论宋仁宗的"无定志"时更是指出：在仁宗亲政的三十年中，两府大臣换了四十余人，都是屡进屡退，"人言一及而辄易之，互相攻击则两罢之，或大过已章（彰明也）而姑退之，或一冲偶乘而即斥之……计此三十年间，人才之黜陟，国政之兴革，一彼一此，不能以终岁"。即使贤者在位，因不能安于其位，也无法施其才能，做出成绩。这样朝令夕改，一反一复，使"吏无适守，民无适从"，让下面的人感到无所适从，结果什么事也办不成。仁宗时冗兵特别严重，军队开支占全国赋税十分之七。土地兼并更严重，"势官富姓占田无限，兼并冒伪习以为俗，重禁莫能止焉"，最后"富者有弥望之田，贫者无卓锥之地"。如此等等，这些就不在谈历代帝王的异数话题之内了。

"这一个"宋仁宗，在历代帝王中只能是个异数，也永远是个异数。

（二）刘太后——小皇帝的功勋"教练"

北宋乾兴元年（1022 年）二月甲寅，五十四岁的宋真宗赵恒病逝。遗诏曰：太子赵祯即位，皇后刘氏为皇太后，杨淑妃为皇太妃，军国重事"权取"皇太后处分。

从这一年开始，历史将进入"仁宗盛治"时期。此时，赵祯只有十三岁，刘太后五十四岁。根据真宗遗诏，就是让刘太后处理政务，赵祯做实习小皇帝。从此，刘太后垂帘听政长达十一年。她是宋朝第一位摄政的皇太后，在他手上完成了大宋政权从真宗时代到仁宗时代的平稳交接，为宋在仁宗时期的繁荣打下基础。"仁宗盛治"的前期之"治"应该就是她统治下的杰作。

赵祯坐上皇位时年仅十三岁。十三岁是个什么概念呢？意味着他已经结束了人生的儿童期，进入少年期，即将踏入青春初期的门槛，正是长身体、长知识、独立思考能力正在逐渐变强的关键时期。但不管怎么说，十三岁确实还是个孩子。我们不能因为他据说在孩童之时，就能一眼洞穿父亲的宠臣王若钦"实是奸邪"，就因此而相信他是个神童皇帝；我们也不能因为宋朝百姓确实说过，"仁宗虽百事不会，却会做官家（皇帝）"，就因此而相信他是个天才皇帝。十三岁的孩子，确实需要一个搀扶他上路、引导他上路、带领他上路的人。这个历史使命由谁来担当呢？其实，早在十三年前，赵受益刚刚降临人世间的那一刻，历史就已经完成了这个选择——刘氏。

刘氏究竟是怎么样的一个人呢？

这个刘氏就是指真宗皇帝的章献明肃皇后。真宗的原配妻子早在他即位前已去世；即位后所立的郭皇后，也在景德四年（1007 年）病故。其后，中宫虚位多年。在众多的妃嫔中，真宗属意的是刘德妃，即刘氏。德妃叫什么名，正史无记载，民间戏曲中将之称为刘娥。刘氏（968—1033）益州华阳（今四川成都）人，出身微贱，是个孤女。刘氏十三四岁的时候，嫁给一个小银匠龚美。后来跟着他一起来到京城开封谋生。龚美手艺出众，又为人和善，善于结交朋友，尤其与襄王府里当差的张耆交好。而刘娥善说鼓儿词，就是边摇拨浪鼓边唱歌。可见，刘娥出身寒门，地位卑微，是个街头艺人。她有美名在外，为襄王赵恒的随从们所知。赵恒当时尚未婚配，听说蜀女才貌双全，便让随从去暗暗物色，因而联系到龚美。龚美得知是王府选姬，不愿放弃，自己改称是刘氏的表哥，从而把刘氏送入襄王府。据宋史上说，刘氏与赵恒初会时是在十五岁。

刘氏天生丽质，聪明伶俐，与赵恒年貌相当，两人很快如胶似漆。然而赵恒的奶妈认为刘氏出身寒微，劝赵恒远离她，赵恒不听，宋太宗知道此事后大怒，一道圣旨，逐出刘氏，并为赵恒赐婚。新娘为忠武军节度潘美的八女儿，潘氏受封为莒国夫人。

然而，赵恒虽迫于皇命把刘氏送出王府，却转而把她藏进了王宫指挥使张耆家里，两人不时私会，他们的关系已经到了分不开的程度。怎么办呢？偷着过吧。他们就这样偷偷摸摸过了十五年。十五年，这可不是一个短时间，在这段时间里，刘氏无疑尝尽了出身卑微、文化素养低下所带来的种种生活和精神上的锥心的痛。她那种渴望改变现状，跻身上流社会的冲动也许是她每天必做的梦。不知是不是受了赵恒的点拨，有可能赵恒甚至是拿出了自己写的劝学诗来劝导她："娥儿"欲遂平生志，勤向窗前读六经。如此一来，她只要在精心地伺候赵恒的时间外，就抓紧一切时间，手不释卷发愤读书，抓紧一切时间学习琴棋书画技艺。这期间，保不准赵恒还为她聘请了辅导老师也未可知。关于这一点，我们完全可以从刘氏入宫后的种种表现得到有力的佐证。诸如，刘氏入宫以后，能够大度而妥善地处理好各种人际关系。在真宗赵恒发病期间，刘氏能及时而机智地协助他处理好朝政大事，乃至垂帘执政时也能够轻车熟路地驾驭群臣，稳妥而卓有成效地处理好各项军国要务，等等。总之，入宫之前，刘太后基本上完成了自己的知识和技能的储备。十五年后之刘氏，早已不是昔日街头那个卖艺的小姑娘了，她经过自己的不懈努力，俨然是才华出众。拿今天的话来说，经过这么一番精心的包装，她的软实力大为提高，文化功底上了一个台阶，艺术修养日渐深厚，为日后的个人进一步发展做好了必要的铺垫准备。这时，她唯一能做的，就是等待机会。

至道三年三月癸巳日，宋太宗赵光义病逝，赵恒继承大统。机会终于来了，赵恒很快把刘氏接入宫里，这两个心上人再也不用偷偷来往了。景德元年（1004年）的正月，刘氏被封为四品美人，正式成为后宫妃嫔的一位。而当时，郭皇后之下，只有刘氏地位最尊。她聪慧温柔，又有才艺，一直为真宗所专宠。唯一遗憾的是刘氏一直没能生下子嗣。此时刘氏三十六岁，已经过了生育的最佳年龄。刘氏举目无亲，经真宗应允，让其表哥改姓为刘美，做自己的兄长，继承刘家香火。

景德初年，郭皇后的儿子赵祐夭折了，年仅九岁。郭皇后前后生了三个儿子，都不幸夭折，伤心过度，身子垮了下来。半月后，另一名两月大的皇子也夭折了。真宗的五名皇子，居然一个也没能活过十岁，此时真宗年近四旬，以防万一，养宗室之子于皇宫内。

景德四年（1007年）四月十六日，郭皇后病逝。真宗心里虽然很想立刘氏为后，但是她既无子嗣又出身低微，群臣们都不赞同。刘氏身边的侍女李氏端庄寡言，容貌清丽，颇为真宗喜欢。因为侍寝而有孕。一日李氏突然梦到仙人下降为子，真宗和刘氏大喜，两人想出"借腹生子"的办法来。大中祥符二年（1009年），真宗早在孩子出生数月前，便已宣布刘氏怀孕，并册封她为修仪，与刘氏情同姐妹的杨才人则晋封婕妤。大中祥符三年（1010年）四月十四日，李氏生下一子，取名赵受益，即后来的宋仁宗赵祯。皇子一出生，就被抱到刘氏那里去了。真宗抬爱刘氏，皇子虽然是李氏所生，却只能让他认刘氏为母。刘氏和杨婕妤交好，又同是成都人，且杨小十六岁，精力充沛，所以刘氏将皇子交给杨婕妤代行哺育之职。赵受益小时候一直亲昵地称刘氏为"大娘娘"，称杨氏为"小娘娘"。后来的一切安排大概都可以看作是真宗的旨意，这个判断误差不会太大，如果说真宗完全不知此事内情，那是怎么也说不过去的。这一段历史后来被民间编成一出戏曲，叫《狸猫换太子》。这个戏的剧情就无需赘述了，需要多说两句的是，戏剧是艺术，而艺术形象与生活原型是两码事，不能把二者等同起来。艺术是允许虚构的，为了增强舞台效果，人物性格当然反差愈大愈好，反差愈大，冲突就愈大，矛盾愈尖锐，戏才愈好看。戏曲中的刘皇后不是历史上的刘皇后，历史上的刘皇后根本就没有戏曲中的那些"坏"。

真宗对赵受益的生母李氏也没忘记，先是封她为崇阳县君。不久，李氏又生下一女，晋封才人，正式进入妃嫔行列。不幸的是，小公主很快夭折。李氏自认命薄无福，终其一生，都并未与儿子相认。大中祥符五年（1012年）十一月，真宗晋封刘氏为德妃，十二月丁亥，四十四岁的刘氏终于修成正果，成为大宋王朝的皇后。宋真宗唯一的儿子赵受益也被立为太子，并改名赵祯。

身为皇后的刘氏，她入宫前积累的知识，这时候派上了用场。她并不像其他妃嫔那样只知争宠。刘氏生性警悟，才华超群，通晓书史。朝廷政事，能记始末。宫闱有事，她都能引据故实，妥善应答，每每襄助真宗。真宗根本离不开她。每日批阅奏章，刘氏总是随侍在旁。外出巡幸，也要带上刘氏。此时的刘氏，只要她想学政务，每天都会有大把的收获。她的机警，她的政治才干颇受真宗倚重。

天禧四年（1020 年）二月，真宗患病，难以支持日常政事，上呈到皇帝那里的政务实际上都由皇后刘氏处置决断的。在天禧末年罢黜寇准、李迪和处置周怀政事变中，她不但发挥了至关重要的作用，也因此确立了后党的绝对地位。把这之前的一系列活动与后面的垂帘听政链接起来看，前者实际上就是后者的实习和预演。真宗死后，朝中反对刘氏掌政的人也不少，但刘氏毫不买账，后来，后党的丁谓就因为欲欺刘氏孤儿寡母图谋独揽大权而获罪的。真宗去世次年，改元天圣，"天"字拆开即为"二人"，即指仁宗与刘太后两位圣人。明道是刘太后在世时的第二个年号，"明"字由日月两字合成，也是指主持朝政的是仁宗与刘太后两位圣人。从此，刘氏垂帘听政长达十余年。实际上，刘氏也就是一边主政，一边给小皇帝当了十余年的贴身"教练"。这期间，手握最高权柄的刘氏在诱人的权力面前表现如何呢？她是否要做吕后、武则天呢？刘太后在世之日迷恋权力，不愿过早还政于仁宗，这是事实。至于有没有想过要当女皇呢，要回答这个问题，只能凭事实来说话。

宋史载："先是，小臣方仲弓上书，请依武后故事，立刘氏庙，而程琳亦献《武后临朝图》，后掷其书于地曰：'吾不作此负祖宗事！'"这个事实也基本上回答了她是否想自立当女皇的问题。至于种种主客观原因使之所以然，这里姑且不论，我以为，在这里我们只要一个事实就够了。

这里还有件事可作旁证参考。天圣二年，宋祁和哥哥宋庠一起进京参加科考，结果两人同举进士。礼部本来拟定宋祁第一，宋庠第三，刘氏一看录取名单，旁若无人地说了一句："自古长幼有序，哪能让弟弟排到哥哥前面?"宋史上的原话是："章献太后不欲以弟先兄。"这话如放在今天可能是个笑话，可在重礼教的当时却显得很有分量。主考官晏殊对试卷重审后，将名次作了调整，宋庠成了头名状元，而宋祁落到了第十位。这件事可以旁证刘太后思想深处的那种长幼有序、等级有序、不能随便僭越的有序观念。对于大权在握的刘太后来说，有没有这个观念，其结果是大不一样的。

有人说，仁宗一直是生活在养母刘太后阴影之下的。这话叫人听了总觉得有点不妥。试想，皇子赵受益是真宗唯一的继承人，他在襁褓之中就被刘氏占为己有，而占有皇子图的就是母以子贵，这个襁褓中的孩子将成为她日后保持荣华富贵的指望，将成为巩固她身份地位的靠山和依据，她是断不会虐待他或亏待他的。甚至是别人想对他有什么不好，刘氏也决不会允许的。刘氏虽非赵祯生母，却对他视若己出，一直尽心尽力地关心他、爱护她、重视他、培养他。之所以有后来的仁宗，应该说与费尽心血、倾注母爱、恪守母职、精忠赵宋、保持大节的刘太后有着不可磨灭的贡献。

其一，尽心尽力，从生活上关心和爱护赵祯，使他得以心无杂念健康成长。

刘皇后做了母亲后，虽然抚养皇子的具体事务由"小娘娘"承担，可是在关心和爱护小皇子的问题上，她是不会掉以轻心的，因为小皇子是她未来的唯一一棵赖以为贵的心苗，她必须倍加呵护。赵祯少时体弱多病，刘皇后对这个年仅十三岁即位的小皇帝的关爱要表现得更为直接，更为具体，更为细致，更为小心翼翼了。为了小皇帝的健康成长，刘氏亲自照顾其饮食起居，仁宗吃什么都要亲自过问。《宋史》记载"章献禁虾蟹海物不得进御"。因为"上多苦风痰"，赵祯吃不得鱼虾等海鲜，刘氏坚决禁止这些鱼虾等海鲜摆上仁宗的餐桌，尽管仁宗嘴馋喜欢吃也不行。杨太妃意软，总是私下里给他一点食用。因此宋仁宗对杨太妃更有感情。宋代的李焘撰《续资治通鉴长编》中有一段话很有意思："司马光言：章献明肃太后保护仁宗最为有法，自即位以来，未纳皇后之前，仁宗居处不离章献卧内，所以圣体充实，在位最为长久。"应该说，这实在是一个母亲对孩子的有效保护。即便是亲生母亲，也未必能考虑得如此周到，也未必能做得如此到位。小皇帝年少即位，为了保护他的身体在未成年之前涉及男女之事而受到损害，刘太后把少年仁宗一直放在的自己的宫中居住，严格监督其言行，"动以礼法禁约之"，在视线内实施有效监护，直到大婚之前。从而得以使赵祯成年后能够有一个健康的体魄执政 42 年，成为赵宋在位时间最长的皇帝。

其二，管教严厉，学习经史培养资政学养，使他得以怀揣乾坤从容执政。

仁宗的父亲真宗早在他幼时，恐怕就把自己的劝学诗灌输给儿子了："男儿欲遂平生志，勤向窗前读六经。"儿子要继承大统，经史之书是不能不读的。赵祯从小就爱好学习，崇拜儒家经典。到了他十三岁即位之后，刘太后对于这个秉性聪慧的小皇帝从小的教育，环境的熏染，更是十分上心。她十分重视他的学习，重视对他的教育，把他的学习当作一项要务来抓。宋史载，自仁宗即位，乃谕辅臣曰："皇帝听断之暇，宣诏名儒讲习经史，以辅其德。"于是设幄崇政殿之西庑，而日命近臣侍讲读。可见在小皇帝的学习上，刘太后是尽了心的，她要努力使其成为一个合格的皇帝。仁宗独立执政后，他首次把《论语》《孟子》《大学》《中庸》拿出来合在一起让天下学子学习，开了"四书"的先河。此举不能说不与他的学习经历有关。刘太后对仁宗卓有成效的资政教育，果然为他日后的执政打下了雄厚的基础。朝廷大臣对此也还是十分认可的，宰相李迪说："臣受先帝厚恩，今日见天子圣明，殊不知太后圣德乃至此。"可见，李迪是很认可刘太后对仁宗的保护和教育的。

其三，身体力行，从实践中做出执政榜样，使之领悟熟悉朝政驾驭群臣的要领。

真宗朝后期出了一个"天书事件"，这完全是真宗赵恒亲自导演的一个造假活报剧，是一个彻头彻尾的政治笑话。

为了一个假祥符而前前后后开展的活动耗资巨大，掏空国库，影响极为恶劣。

刘太后听政以后第一件大事，就是听从大臣们的建议，把那"天书"随同真宗一起葬入永定陵，并下令禁止兴建宫观，废除宫观使，有力地遏制了大中祥符以来弥漫在朝野上下的迷信狂热。这件事的处理，既截断了可能发生的后续发酵的恶劣影响，也表明了母后称制后新朝的态度，特别是对这个小皇帝有了一个印象深刻的教育。有这样一个老成干练的政治家当小皇帝的"教练"，不说是他的福分吧，至少也是他的三分幸运。

刘氏在听政期间，朝政上是颇有建树的。对刘氏的治绩，《宋史》中有这样一段公允的评论："当天圣、明道间，天子富于春秋，母后称制，而内外肃然，纪纲具举，朝政无大阙失。"

在澄清吏治方面。刘太后曾六次下令严惩贪官污吏。由于她的倡导，当时涌现了范仲淹、王随、张伦、薛奎等一批廉吏。她还颁布了《约束文武臣僚子弟诏》，防止官员子弟违法乱纪。她要求大臣们把子孙和亲族姓名悉数写上来，诈称推恩授官之用，实际上却把个大臣的关系网和裙带图张贴在自己的寝殿中，大臣每有进拟差遣，就对照图表，不是两府亲戚才同意除授。

在整顿朝纲方面，她恢复了太宗时设立的理检院，又创立谏院。为了解下情、从谏如流提供了机制上的保证。

在培养和选拔人才方面，进一步完善科举制度。新设考试科目，扩大取士名额，严密考试制度，宋代的武举就始设于这一时期。鼓励兴办州学。建立州学的，赐以学田，作为学粮，还赐《九经》。此间创办的一些府州学，成为"庆历兴学"的先声。

在发展经济方面，在益州（今四川成都）成立官办的交子务，发行官交子，这是世界上最早的纸币。这也是她货泉"欲流天下而通有无"的经济主张的实践。

在重视农事民生方面，特别重视兴修水利。经长期施工，堵塞了危害近十年之久的黄河滑州决口（在今河南滑县）。期间重大水利工程还有长达一百八十里的泰州捍海堰，灌田千顷的舒州吴塘堰等。

刘氏的这些治绩，基本上恢复了真宗咸平、景德年间的发展势头。刘氏称制后"虽政出宫闱，而号令严明，恩威加天下"。她的政治才干与政绩绝不在其夫真宗之下。而且，她临朝时的个人品德也应基本肯定。她对人才的选拔任用都是以国家大计为重。在她当政期间，开科取士考上来的人才，是宋朝有史以来最多的，也是质量最高的。刘氏对娘家人虽然也任用官职，但并不允许他们插手朝政。在大是大非面前，她更尊重士大夫们的意见，很多名臣都得到了她的重用。刘氏确是一位有功于赵宋统治的女政治家，她的功绩不仅在于后真宗时期政权的平稳交接，也在于这个衔接点的牢固可靠和无甚瑕疵，更加功不可没的是，她重视培养仁宗执政能力，作为小皇帝的辅政，她是一步步成功地把仁宗引上"仁宗盛治"的主政之路的功勋"教练"。

其四，言传身教，从生活中做出简朴榜样，使之领悟仁政廉政，深深地影响仁宗的人生。

日常生活方面，刘氏是非常简朴的，入宫后一直是如此。与追求服饰的华丽比起来，刘氏好像更在乎的是内心世界的丰富和充盈。她的追求不在虚浮漂亮的外表，她的向往当是驰骋朝廷实务的天地。所以，她当了皇后以后服饰也很简朴，就是当了太后依然不改简朴的习性。据说那些太后身边侍女见皇帝侍女服饰华丽，觉得自己怎么能被比下去呢？报与刘太后，刘氏不为所动，只是说："那是皇帝嫔御才能享用的，你们哪有这样的资格。"刘氏的言传身教和表率作用，从小给仁宗耳濡目染，仁宗正是在这种环境的熏陶下成长起来的，从仁宗后来的表现看，他从理念到做派，可以看出刘氏给他的影响应该是很大的。仁宗一生节俭，那上面多多少少能看到刘太后的影子。仁宗对这些生活琐事尚且如此领悟，那么他在即位后，身边的这位垂帘听政的母后那处理朝政的手段、风格、方式方法，他应该会更有一番深切的领悟，这些也为他日后的独立执政产生深远的影响。

刘太后去世后，有人居心叵测地将仁宗的身世告诉了他。仁宗知道后，马上找到还在人世的养母杨太妃后探问真相。杨太妃如实相告，刘氏夺李宸妃之子属实，但事出有因，还特地告知，刘氏从来不曾加害过李宸妃。李宸妃属于正常的生老病死。

仁宗听后伤心不已，十几年来与生母咫尺天涯，却从来没有见过一面。这种遗憾和痛苦，令他一时失去理智。他下令包围嫡母刘氏的家族，同时前往生母的陵墓，开棺验尸。幸好，刘氏在当时听从大臣吕夷简的劝告，以皇后的礼仪厚葬李宸妃，并且用水银保护尸身。这才使得仁宗见到了生母的仪容。他终于没有听信奸人的逸言，把这一段宫闱秘史有可能掀起一场政治风浪的危机妥善解除。这件事是"听劝"听得好，听进去了，表现了一个政治家的敏锐和机警；后面的事办得好，表现了一个明智的"最高"应有的大度和智慧。事后，仁宗下令把嫡母和生母的灵柩一同运往永定陵宋真宗的陵寝合葬。刘氏谥号"章献明肃"皇后。旧制，皇后的谥号本是两字，从刘氏开始，临朝称制的皇后，谥号为四字。尊宸妃为皇太后，谥壮懿。仁宗记恩不记仇，放弃清算嫡母夺子的行为。同时，下令不准再议论刘氏称制和夺子的事情，对养母杨氏，好好奉养，珍惜这位最后还在世的长辈。

刘氏为赵宋历史创造了不朽之功绩，史书称其"有吕武之才，无吕武之恶"。这句盖棺定论的话，准确、精辟！

（三）赵恒定律

富家不用买良田，

书中自有千钟粟；

安居不用架高堂，

书中自有黄金屋；

出门莫恨无人随，

书中车马多如簇；

娶妻莫恨无良媒，

书中自在颜如玉；

男儿若遂平生志，

六经勤向窗前读。

这首《劝学诗》，是宋真宗赵恒所作。它对我们这样一个古老国度的影响，准确地说，对我国读书人的影响之深、之广、之大，恐怕是很少有人能与之比肩的。诗中的"三个自有"：书中自有千钟粟，书中自有黄金屋，书中自有颜如玉，完全可以堪称"赵恒定律"，历千古而不变。如"文革"后的高考制度的恢复，社会上的人们对读书观念的强力反弹，就是验证了这一定律。

这是一首对"有志"男儿的劝学诗。它本属于一种

发表于 2007 年 3 月《深交所》杂志。

"劝世"文字，既然是"劝"，就要讲究劝的艺术，劝的力度，通过劝来打动人心，得到劝的效果，进而实现劝的目的。

这首诗的艺术特色是显然易见的。首先是诗的语言平实如话，这就增强了它的传播力，妇孺皆可接受；其次是运用了借代的修辞手法，形象生动，这也大大增强了它的感染力。

此诗大致可以分为两个部分。第一部分是前面的八句，话锋很具体，很通俗，很明快，直截了当地从食、住、行、婚——男儿自立的四大基本要素来谈，这是一个有志男儿要自立于社会所必须面对的人生四大基本问题。无疑，劝语从这里切入，是最具说服力的，最能打动人心的。

该诗不绕弯子，不兜圈子，有的放矢，对人生这四大基本问题给出了明晰的解答，那就是读书。你把书读好了，自然是食有粟，住有屋，行有车，室有妻，人生的主要问题都可以迎刃而解。这也正是该诗的冲击力之所在。

第二部分是最后两句。既是对前面八句的小结，也是对未从言及的相关内容的延伸与拓展。话锋从具体的"食、住、行、婚"延伸到"志"，如果说，前者是人生的基本生活之必需，后者则提升到人生更高的精神追求——"志"。要解决"遂志"的问题，要实现男儿的志向抱负，劝语给出的解答是：六经勤向窗前读——还是读书。

是的，谁都注意到了，赵恒劝读的内容是"六经"，赵恒先生直击读书人心扉的是"千钟粟""黄金屋""车马多""颜如玉"四大视点，这四者肯定也不是平头老百姓，而是官家的生活水准。

这也正是许多今人对该诗大加挞伐的原因所在。批判其宣扬了什么，腐蚀了什么，诱导了什么，扭曲了什么，等等。其实，它不是洪水猛兽，我们完全无需害怕。如果说一个健康的今人还会被这么几句话所腐蚀、所诱导、所扭曲，那他也是太神经衰弱了，太病态了，太不中用了。难道不是吗？

借用一句套话来说，这都是时代的局限，历史的局限。今人引用它，肯定不是劝你去读经，而是劝你去读书，去学习。

那四大视点，从文字技巧上看，只不过是通过一种语言修辞的张力来劝读。劝人通过读书、通过学习，便可以实现自立于社会的几大起码的生存要素目标。或者说，便可以实现改善生活水平，提高生活质量的目标。或者再索性放开一点说，便可以实现改变自身命运的目标。

我想，这样理解此诗也不算是对它的拔高，只不过是去其糟粕，取其精华而已。我们为什么一定要死死地扭住它那早已变异了的消极面不放呢。

基于这样的理解，我认为，我们最好还是不要简单地用"腐朽""俗气""市侩"之类的词汇来否定它。

任你怎么说，诗中所传递的不读书不学习就不会有好的出路的信息是准确的，地域不分中外，时限无论古今，放之四海而皆准。

这种信息的稳定性，也是不以历史朝代的更替而更替，不以社会形态的变化而变化。封建社会是这样，资本主义社会也是这样，社会主义社会还是这样。社会文明愈是进步，爱学习有知识的读书人就愈是吃香，懒于学习的白丁是不会有好的出路的。

只要我们理性地思考一下这个问题，就可以理解当代人提出的建立学习型组织、建立学习型社会最最起码的基础。

赵恒定律有着它存在的深厚的社会基础和无可替代的合理性。

（一）（二）部分写于 2021 年 10 月至 2022 年 3 月；（三）部分写于 2007 年 1 月。

第七辑

下乡笔记

传世之作

生命里所有的礼物，都在暗中标好了价格。

——［奥地利］茨威揢

开篇的话

鹰盘沿是一个离县城二十多里路的小镇，清清的鹰盘湖横铺在小镇的南面。镇子的东面是鹰盘沿一队，西面是鹰盘沿二队。鹰盘大队的大队部就设在镇子的最东边。

相传在很早很早以前，鹰盘沿曾经出过一名状元，所以历史上这一带的文风一直是很盛。最明显的是，这风气好像集中显示在当地老百姓家堂屋的摆设上，迎着大门的堂屋，靠墙的一方都是摆着一个长长的条桌，那叫香案。香案下放着一方八仙桌。香案的上方就是所谓的中堂了。在这里，旧时的中堂上，中间或是挂着装裱好的龙凤呈祥、寿星老头、关老爷的画图，或是挂着装裱好的文人山水立轴，这些也就是俗称的中堂画了。中堂画的两边固定不变的是挂着一副对联。嗬，可别小看了这一番摆设，遇到那些有骨子的人，只要看上一眼那香案、那桌子、那中堂上的字画，说不定就能看穿你的家底。

老皇历就这么一辈一辈翻过来了，即便是改朝换代，中堂这块小天地好像还是那样行风行雨。你看，这都新社会了，人们对中堂打理的兴致一点儿也不减。只有在"大跃进"年代，小镇上的人家都把香案、八仙桌投进了大办钢铁的熊熊炉火之中了，家徒四壁不说，接下来是挨饿的日子，饭也吃不上嘴，多少人成了饿死鬼，连人都没了，哪里还顾得上什么中堂不中堂的。可是，正当人们刚刚填饱了肚子，集上的那些新香案、八仙桌却又像春天的笋子一样冒了出来，流向那些庄户人家。当然，要说变化也还是有的，就是那些中堂画和对联内容，都是随着政治气候的变化而变化。这不，"文革"刚兴起那会儿，镇上那些读书的伢子找村里的裁缝做了一些红袖箍，赶着时髦，套上红袖箍就去破四旧。破什么呢？他们首先就盯上了各家各户的中堂，中堂上的字画，不管三七二十一，都是封资修，统统扯下来，然后集中在生产队的公场上，一把火烧掉。只有极个别人家提前得到消息，把中堂上的字画下下来，藏到一个隐蔽的旮旯里去了。这之后，家家的香案都成了摆放毛主席语录的宝书台，中堂上悬挂的都是毛主席像，两边的对联都是：听毛主席话，跟共产党走。

1

那年腊月拐子，天特别冷，鹰盘沿镇西头二队村口那棵歪脖子树上的高音喇叭一刻也响个不停，不是在传达毛主席最新指示，就是在高唱革命样板戏；不是在播送什么什么通知，就是在告示大队文艺宣传队在今晚在哪个村演出。此刻，喇叭里正在播送大队的一个通知，通知明天上午召开批判大会，要求各生产队派人准时参加。

此刻，二队的憨老头刘大碗正在鹰盘埂上拾粪。他的头上戴着一个破旧的套头帽，一手拎着粪箕，一手提着把勾屎耙，眼睛顺着大埝在找粪，耳朵断断续续地在听大喇叭播送的通知。

东北风刮得正紧，湖水哗哗地拍打堤岸。湖心的几处没有收割的芦苇，白色的芦花在风中摇曳，不停地起伏。湖心，几只野鸭不时地钻出水面。

刘大碗忽然发现后面远远地还跟着一个拾粪的人，定睛一看，他身穿一套棉式中山装褂裤，头戴一顶半旧的蓝呢干部帽，脖子上还围着一条厚毛线围巾。咦，这不是龚老九吗？大碗晓得，这个龚老头是前些日子刚下放到他们二队的，就住队里那个空着的牛屋里。大队夏书记称他叫龚老九，听人说这老头大概在他们宗族兄弟中排行老九。

还听说他是从省城一个大单位下来的，不小的来头呢，公社特别招呼大队的夏书记：这是一个臭知识分子，还是个头头，下放到你们大队去，让他好好改造改造。

不错，来者龚瀚群，因大队夏书记喊他龚老九，当地人就都叫他龚老九了。他是省里某大学的历史系主任，兼国家历史所研究员，在学界是一个著名权威。另外，他的书法特别有名，虽说那是他的副业，但名头更响，知道的人更多，直达海外，特别是日本。当然，鹰盘沿这儿是不会有人知道的。只有夏书记听说这龚老九的字写得还不赖。

就在刘大碗挂着勾屎耙立在鹰盘埂的空当，龚瀚群也提着粪箕走近了刘大碗。他的粪箕是空的，里面一泡屎也没勾到。

"九先生。"刘大碗恭敬地向龚瀚群请教。他觉得有些人对他狠言狠语是要不得的，他犯你什么事哪，人家这不是倒运嘛，要不，你请人家他也不会到你这个乡旮旯来。

"九先生，大冷天的，怎么你也出来勾屎?"

"嗝嗝，队长分配的任务，每天捡粪十斤。哟，你捡的不少了嘛，我今天的任务怕是很难完成啰。"

对这个刘大碗，龚瀚群刚来时好像有点印象。没事时，他总爱靠在自己牛屋外面的墙边晒太阳，他的嘴边总是挂着憨厚的笑。至于他姓甚名谁，龚瀚群还真不知道。直到有一天，听见有人在外喊："大碗、大碗。"他才知道那个爱靠在他的墙边晒太阳的汉子叫大碗。怎么叫这个名字?

他的头脑里画上了一个大大的问号。

"九先生，你在我身后到哪拾到粪？要拾得多，就要赶到我前面去吧。"

"好，明天我一定赶到你前面去。"龚瀚群认真地回答。忽然，他像是想起了什么，问道："哎，大碗，什么名字不好叫，偏偏要叫这个大碗？"

刘大碗没有回答，只是憨憨地笑。

他两人正讲着话，前面跑来了一个人，是他们二队的项会计，他边跑边朝他们喊："龚老师，龚老师，赶快到大队部去，夏书记找你。"这是第二个没有喊老龚叫龚老九的人，他这心里正在拨拉着一个算盘呢。

2

大队部门前的不远处有一个小戏台，大队文艺宣传队正在台上彩排革命样板戏《沙家浜》。

台下围观着一些社员和孩子。表演郭建光的演员台词不熟，这时他本该说："同志们，前面就是沙家浜。"可慌乱中他把这一句台词给说错了："同志们，前面就是芦苇荡。"大家一听，谁都知道他说错了，有人在提示演员："错了，错了，是沙家浜，沙家浜，不是芦苇荡。"那个演郭建光的演员反应得也很快，他把手势换了一个方向，向前一挥，接住前茬道："转个弯儿就到沙家浜！"台下有人在喝倒彩，瞎起哄。台上台下又是一阵哄堂大笑。

　　大队部会议室内正在召开明天批判大会的准备工作会议，布置和落实有关事项。他们眼下正为一件事犯难，这件事说它大，它又不大；说它小，它又不小。犯难的事是什么呢？是会匾。要把这个会开出声势来，开出威力来，会匾一定得做得有气势，特别是字要大，要雄健有力。嗬，大队的民办教师、会计、下放学生，几个文化人都找来试了笔，没有一个让夏书记满意。忽然，他想起来一个人，对，就是那个龚瀚群。他心想，怎么把他给忘了呢。前些天，公社把他下放到鹰盘沿大队来还特地交代，对这个臭老九，既要好好地改造他，也要发挥他的长处为贫下中农所用，比如他的字写得不错，就可以给我们写写标语嘛。夏书记浅浅一笑，从口袋里掏出一支东海烟来。

　　"哎，夏书记，你不是说龚老九的字写得不错吗？"项会计一下蹭到夏书记跟前，一边掏出打火机，一边轻声地说。

　　"神猴子，你总是在猜我的心思。"夏书记斜着眼瞥了项会计一眼，发话了："你还不快去把龚老九找来。"

　　"这就去，这就去。只是，他恐怕勾屎去了。你看——"项会计故意等夏书记下指示。

　　"告诉你们队长，龚老九今天勾屎的任务就算完成了。"

　　"我马上找他去。"项会计得到了明确指示，转身出了大队部，找人去了。

项会计直奔鹰盘埂而来，果然，大老远的他就看见龚老九和刘大碗两人的身影了。

龚瀚群不知出了什么事，用勾屎耙背起粪筐就跟项会计走了。一路上，龚瀚群问汪会计，老刘的名字怎么叫大碗？项会计被这问话给问笑起来了。他告诉龚瀚群，老刘本来的名字叫刘大武，刮共产风那年头，村里办大食堂，一到吃饭的时候，就看见他捧着一个大号的搪瓷大碗来打饭，那碗特别大，特别引人注目，以后生产队里只要动用到吃饭的家伙，他都带上他那宝贝大碗，有人在背后就叫他刘大碗，时间一长，人们就干脆当面这样喊他，他也老好，还就笑嘻嘻地应承下来了。这一来，他的本名人们都不记得了，只有在会计的账册上能看得到。

一队村口，有两三个儿童在认真地忙着玩游戏，他们把路上洼地的积水结成的薄冰块取出来，然后往墙上贴，并用手指头把冰块抵住，他们一边贴着，嘴里还一边唱着："冰冻冰冻你上墙，你宰猪来我宰羊。"不一会儿，薄冰还真的被粘在墙上了，还有一湾细水顺着薄冰下方的墙壁往下淌。

看着这些孩子玩得这么兴趣，龚瀚群也被吸引了，"冰冻冰冻你上墙，你宰猪来我宰羊"，他觉得这儿歌挺有意思的，嘴里也学着念叨着，不知不觉放慢了脚步。"快走啊。"项会计不断地催他，他只得一只手提着粪筐，一只手拿着勾屎耙，跟在项会计身后往大队部走去。这会儿，项会计把夏书记准备找他写会匾的事一五一十地说了，其实，这还不是他主动出来找龚老九的原因，他是借机想说出下面讨好的话。

"龚老师，快把这些东西给我，"说着，他夺过龚瀚群手里的勾屎耙和粪箕，"我跟夏书记说，龚老师不得来，他要完成队里的勾屎任务。夏书记问我那怎么办呢，我说，除非你把他的勾屎任务免了。夏书记说，好吧，就依你的话做，我来跟他们队长讲。"

"那怎么行呢，项会计，任务下达了就要完成，今天完不成，明天接着干。"龚瀚群认个死理。

"不争了，不争了，夏书记已经拍板了。"项会计一边说一边在心里骂道："真是个不知好歹的书呆子。"

路过一队的公场时，只见公场上铺了好多张棉箔在晒棉花，白花花的一大片，乍一看，有些刺眼。"今年你们这儿棉花丰收吧？看这晒的棉花多好。"龚瀚群看着那些棉花赞不绝口。这使他想起一位诗人写的赞美棉花的诗：不恋虚名列夏花，洁身碧野布云霞。寒来舍子图宏志，飞雪冰冬暖万家。他所欣赏的不是旁的，而是诗作者的人文关怀。

他们到了大队部，刚进门，就听见夏书记说话了："来来来，老龚啊，来给我们的批判大会写个会匾。这是一个好机会，说明封资修的那一套经过一番彻底改造，是可以为社会主义服务，为无产阶级服务，为贫下中农服务的。"

龚瀚群来到会议桌旁，只见笔墨纸砚早就放在那儿了。

纸裁好了，墨也倒在碗里了，一支毛笔横担在碗上。看着那支毛笔，龚瀚群笑了，那是一支小学生用的毛笔，怎么写会匾呢。他问项会计："有斗笔吗？"

"斗笔？"项会计有点茫然。

"你们这儿有大一点的笔吗？挑最大的一支来。"龚瀚群说。

夏书记说："没有了，没有了。刚才我也看这笔是小了一点，叫人到代销店去问，没有更大的笔了。"

龚瀚群沉默稍许，对项会计说："有了，有了，你跟我去取。"项会计二话没说跟他走了。

3

龚瀚群领着项会计朝着刚才来的路上快步行走。

项会计疑惑不解地问道："我们上哪儿去？"

"去一队公场。"龚瀚群说。

"去一队公场？"项会计很是诧异。

"我请你来，就是请你出面讨点棉花。"

"晚上睡觉冷，想弹一床被子？"

"想到哪儿去了，项会计。请你来是想借你的面子，讨一把棉花写字去。"

"啊？棉花写字？"项会彻底懵了。

"这也是没有办法的办法了，只是，把这么好的棉花糟蹋了。"

项会计找来了一队的保管员，把要一把棉花的事对他说了。保管员哈哈大笑，说："项会计，开批判大会的需要，就是革命的需要。别说是一把棉花，就是要一担棉花，也由我负责跟队长说去。"

龚瀚群拿了一小把棉花就和项会计回大队部了。

夏书记满以为龚瀚群领着项会计回他住的牛屋去取大笔了，谁知他们只带回来一把棉花，他很奇怪，便问道："你们没有回去取斗笔？"

龚瀚群说："我哪里有斗笔？还好，有这棉花将就代替了，只是糟蹋了这么好的棉花。"

"棉花代替毛笔？"夏书记好奇看着龚老九，"需要砍一截小竹子把棉花绑上去吗？"龚瀚群笑着说："那倒不必，我有手呢。"

这时，满屋子的人都围过来了，大家想看稀奇。

只见那个龚老九抓着几朵棉花在手，认真地把棉籽剔除干净，又把棉花在手里撕了撕，揉了揉，这才把捏着棉花的手伸向墨汁碗中。

"哎，别急。"夏书记把手一拦，说，"别把会匾的字弄错了，鹰盘沿大队彻底批判封资修大会。"

大家看着龚老九，那龚老九也不吱声，把那个饱蘸着墨汁的棉花团向着胸前的白纸重重的向下一点，又轻轻地向左上方一个回收，白纸上出现一个浓墨的鹰头和利嘴，接下来刷刷刷几笔，最后只剩下四个点就可以收笔了，龚老九先是点了一个点，但没有顿住，笔势仍在运行当中，最后的落笔，那三点是呈卧倒的"S"状，这四点的结构安排和用墨效果，像是鹰的胸脯下藏着的一对利爪。

会议室里鸦雀无声，好像都在看这个龚老九的书法表演。夏书记眯着眼，抽着烟，心想，这个龚老九还真有一手。项会计凑上来说："夏书记，你真会用人。"夏书记没有理睬他，只是满意地又点着了一支烟。

工夫不大，会匾写好了。这字写得又大又有力，夏书记看了很满意。大家也都议论纷纷，说：这回真是开了眼，涨了见识，棉花也能写字，而且能写这么好的字。

龚瀚群拿着勾屎耙和粪箕回去了。不到天黑，龚老九这个名字传遍了各个村。

4

乡村人家，到了这腊月拐子，哪家不忙？生产队还没有放工的迹象，说是要过革命化春节，过年只放三天假。不过说归说，做归做，干部们在搞大批判，男人们要去举拳头，队里就给妇女偷偷地放一点假，哪家的妇女不抢着点时间忙着过年的事，已经有人家开始宰年猪了。过年的紧迫感真的是越来越近了。

项会计家里的年猪已经宰了，他老婆把猪汤都煨好了。

项会计叫老婆盛一碗给前面牛屋的龚老九送去。"送给那老头吃,你脑瓜子坏了。"老婆不肯去,他就叫正在读初中的儿子项前进去,前进倒是想去见见那个拿棉花写字的老头,端起碗就想走,可是项会计想想还是觉得不妥,就自己端着碗过去了。此时,龚瀚群到鹰盘埂转悠了一大圈刚刚回来,粪箕里没勾到几泡猪屎。这不,他前脚才跨进家门,项会计就端着一大碗热猪汤来到他住的牛屋前。

"哎呀,项会计,无功不受禄,我怎么担当得起你这番盛情。"龚瀚群忙着推让。

"龚老师,龚老师,我正有事要请你呢。"

"有事请我?搞错了吧,项会计。我是下放到你们村接受贫下中农再教育的。"

"是的,是的。我真有事找你。"

"那你说说看,我帮得上这个忙吗?"

"在你是举手之劳,过两天,等我准备好了再找你。"

"真是个大会计,说出话来也曲里拐弯的。哎哟,今天你送什么好吃的给我,这么香喷喷的。"

"让你见笑了,今天我们家的年猪宰了,给你送一碗猪汤来。"

"我看你们这儿的人家好像不富裕,怎么都有年猪宰啊?"

项会计把头摇摇,告诉龚瀚群说,这儿啊,都很穷,许多人家儿女多,劳力少,负担重,年底算账,冒火的不少。一年干到头，没有进账，如何过日子？所以，家里再穷，就是借钱，也要在春天捉一头小猪崽子回家，家中米糠是有的，早晚到河沟里打捞一些猪草，加上家里的一点吃剩下的剩饭剩菜，这就把猪给养起来了。到年底宰一头猪，过年总要用一点，大部分的肉腌起来，一大家子人指望它吃大半年呢。一天到晚在田里干活，没有一点荤腥下肚哪行？

龚瀚群听了，把头直点。"啊，啊。"他那语气是"明白了，明白了"的意思，他本来想评说几句，但他还是意识到了点什么，便停住了嘴，没有说下去了。

项会计拿着个空碗要回家了，龚瀚群跟在身后送他。出了牛屋的门，他们看到刘大碗两手抄在袖筒里，正悠闲地靠墙晒着太阳。看到他们，刘大碗憨厚地笑笑。龚瀚群送走项会计，转身正要回屋的时候，看见自己刚刚拎回的粪箕里堆满了牲口的粪便，便问刘大碗："大碗，这么多粪便是谁给的？"

大碗还是那张憨厚的笑脸，说："管他是谁给的，先把任务完成再说。"

龚瀚群明白了，朝刘大碗拱了一下手，说："那就谢谢了，下不为例，你看，我也有两只手，不能白白吃闲饭。"

"哎呀，九先生啊，你把话说到哪里去了，你是干大事的人，我们才是不中用的人。"

"错了，错了，大碗。"龚瀚群说，"中国的农民真正是第一等有用的人，有大用的人。"

5

年关越来越近了，转眼到了腊月二十四。

项会计是个非常讲究堂屋摆设和中堂布置的人，这天一大早，他就叫老婆什么事都不干，先把家里的尘掸了，他要亲自对中堂来一番布置。昨天他借着进城买账册的机会，买了一张《毛主席去安源》的中堂画，做了两对精致的对联镜框，顺便买了几张红纸、宣纸，他还打算买一点笔墨带回去，转念一想，龚老九那儿不会没有笔墨的，那不该是我花的钱，不买。他这里把今天的事盘算好，就到前面的牛屋找龚老九去了。

谁知他跑去扑了个空，龚老九出门勾屎没回来。

这些天，龚瀚群跟在刘大碗后面也学到一点拾粪的经验，猪呀牛呀这些牲口的活动范围，大多数是在鹰盘大埂，要去拾粪，早晨必须赶早，得打个手电筒去拾粪。为了拾粪，龚瀚群也买了一把手电筒。尽管他每天起得都很早，可是他发现刘大碗都走在自己的前面。这天，他更是早早地起了床，上了鹰盘大埂后，黑乎乎的，对面看不见人。东北风刮在脸上，就像是小刀子割肉般地疼。他心想，刘大碗啊刘大碗，今天我比你早吧。龚瀚群放下粪筐，把羊毛围巾竖到耳朵边子以上，右手的勾屎耙正要伸向一大泡牛粪，这时他发现前方大埂下有亮光在闪，并且传来了一个熟悉的声音："九先生，上面有一泡牛屎，留给你的。"

"嗨，大碗，谁要你的臭牛粪。"龚瀚群的话虽这么说，可心里还是充满了感谢，他把那泡牛粪勾进粪筐中，"我怎么天天总是落在你的后面？"

"九先生，今天已经是腊月二十四了，灶老爷都给送上了天，你怎么还不回家过年啊？"

"回不去啦，夏书记要我在鹰盘沿过一个革命化的春节。"

"那不好吗？三十晚上你到我家来过年。"刘大碗暗地里为九先生叹了一口气。

"多谢啦，大碗。过年的事我已经有安排了。"

就在项会计到牛屋找龚老九扑了个空，又转回家去了那会儿，龚瀚群也满载而归了。只见他肩担勾屎耙一头挂着的粪筐，那里面满满的牲口粪便是他一个上午的劳动成果，这会儿他的心情很好，从来不会唱歌的他居然也哼起了《打靶归来》的曲子。因为今天他凭自己的双手完成了任务。

他没想到，此刻正有两个人站在牛屋门口等着他。谁呢？夏书记找他来了，陪他的是二队队长。夏书记是来找他写门对子的。

听说找他写春联，他连忙推托，说他下来的匆忙，笔墨纸砚什么也没带，实在没办法写。他没想到，这种托词太小儿科了。夏书记把手摆了两摆，说："那你就下午进城办一下嘛。队长，你看呢？""对，对，龚老九，你下午就给队里出一趟差，把要买的东西买回来。"

"队长，我还要勾屎，今天勾屎的任务还没完成呢。"龚瀚群还在找托词。

"龚老师，你的任务有变化了嘛。夏书记又交给你一项新的光荣的任务，为贫下中农写春联。"项会计不知什么时候又到了牛屋前，他又对着夏书记说，"我们一定把书记的任务完成好。夏书记，你先忙去吧，我来帮助老龚算一下需要买些什么。"

这几句话把夏书记的嘴笑得歪到一边去了，心想，"这个神猴子，就是脑子转得快，嘴皮子翻得快。"夏书记顺着他的话对龚瀚群说，"改造旧思想，接受再教育，这是个机会，老龚，你要抓住这个机会啊。队长，我们走吧。"

看见夏书记、队长走了，项会计对龚瀚群说："发什么呆啊，这么大的好事你推什么呀，这几天你就别在外面挨东北风了，就在家里给贫下中农写写门对子吧。"说着说着，项会计把身子靠近龚瀚群，低声说："我想请你办的事，也正是这事。"

项会计哪里知道，龚瀚群早在下放之前，他就封笔了。他在这支笔上吃的亏太多了，他不能不接受教训啦。可是现在摆在他面前的情况，他是怎么也没想到的，到鹰盘沿来，能有机会为贫下中农写春联，这是大好事呀，他怎没想到呢，他又怎么能推辞呢，看来，自己的阶级立场确实有问题，对贫下中农还是缺乏那种深厚的阶级感情，他越想越觉得自己还真有思想改造的必要。

没有退路啦。下午，龚瀚群按照队长安排，进城买了一些笔墨和红纸。现在，他要认真地考虑考虑，队长交给他的下一个任务如何很好地来完成。

6

项会计为了做好请龚瀚群写字这件事，真可谓是煞费苦心，做足了准备。事前做好各种铺垫不说，就拿裁纸这种辅助性的活计来说，就够他忙小半天的了。

当他把那些裁好的纸捧到龚瀚群面前时，龚瀚群也吃了一惊："你家有这么多门？"

项会计笑笑说："是呀，都是我家的门。"

龚瀚群拿起两片小红纸问："这也是？"

项会计尴尬地一笑："这是贴鸡笼门的。"接着，项会计拈起了裁好的两张条幅宣纸对龚瀚群说："为了安顿好你写的字，我特地定做了两对条形镜框，一副是装中堂对联的，另一对是装两个诗词条幅。"

"还有吗？"

"没有了，没有了，啊，啊，不，不，还有几个'福'字。"

"项会计，你的事忙好了，别把夏书记的忙忘了，"龚瀚群决定还给项会计找点事干，对他说，"这里的几张红纸是昨天给夏书记买的，你把它拿去裁了吧，他家有多少门你应该是清楚的。"

老龚这一说，项会计想起来了，事情是自己亲口承诺的，他哪里敢怠慢，立刻把红纸拿到一边裁去了。

在牛屋外边晒太阳的刘大碗不知什么时候也进了屋，他静静地靠在门边，笑呵呵看着他俩在忙。

忙了小半天，龚瀚群总算把项会计的那一大摊子纸写完了，特别是毛主席诗词的两个条幅，他还真是下了一点功夫，连印章都盖上去了。

项会计是整个鹰盘沿小镇子上第一个写好春联的人，待墨汁一干，便得宝归西了，临走前，他没忘把夏书记家的春联也带走了，他要亲自送到夏书记手上。

拿棉花也能写字的龚老九给鹰盘沿的贫下中农写春联，这消息很快在鹰盘沿传开了，附近的生产队也有人知道了这个消息。这下好了，龚瀚群的那个牛屋热闹起来了，前来写春联的人络绎不绝。

刘大碗原本是一个笑呵呵的好奇的看客，现在一看，屋里人渐渐地多起来了，他又退回到门口靠墙的老地方晒太阳了。他笑呵呵的，又是点头又是打招呼的，看那架势，就好像是队里专门派来迎送宾客的司仪。

7

腊月二十九的上午，最后一拨送红纸来写春联的人回去了。龚瀚群准备收拾笔墨，整理桌面了。忽然，他似乎想起了什么，总觉得还一件事情没有做。他走出牛屋，一看，哈哈，大碗果然还站在那儿靠着墙晒太阳。

"咦，大碗，怎么没看见你家来写春联?"

大碗笑呵呵地说："九先生，我家这些年来都没有贴过春联。"

"那你是不准备照顾我的生意啰。"

"我家这些年都不贴门对子，所以也就没有买红纸了。现在看到这么多人来请你写对子，有一点后悔了，现在想买红纸也来不及了，今年就算了。"大碗还是那样笑呵呵地说。

确实，在鹰盘沿，刘大碗家是唯一一个不贴春联的人家。以前他家不贴春联，是因为饭都吃不饱，没钱买红纸，后来，生活渐渐好了，不贴春联成习惯了，他倒懒得贴春联了。

龚瀚群笑笑，对刘大碗说："你也不用去买红纸了，我这里还有一副大门对子红纸送给你，我马上就给你写。"

"九先生，那就太感谢你了。"

龚瀚群这几天一直没有看到大碗来写春联，有点奇怪，就把这事给挂在心上了。没承想，他家果然没有写。龚瀚群拿出红纸，在桌上铺好，把斗笔在墨碗里蘸好墨，又把笔尖在碗边舔了舔，就在这功夫，他考虑好了，用正楷来书写。这几天，他都没有写过正楷。因为人多，书写的量大，他得赶着时间给人写，所以，他一直用的是行书。这时，他拿着笔，并没有马上下笔书写，却见他又慢慢地放下笔，站起身来，沿着桌子来回走了几步。

大碗这时也进了牛屋，看着九先生这副沉思的模样，没敢吱声，只是笑呵呵地靠在门上。这时，只见九先生回到桌旁落座，正襟危坐，扶正眼镜，提起毛笔，屏息凝神，中规中矩，一丝不苟，一笔一画，落笔千钧。写完最后一个字，龚瀚群把毛笔放到了一旁。

"好！好！"大碗笑呵呵的，连声喝彩。

"好在什么地方啊，大碗？"龚瀚群看大碗在叫好，就笑着问他。

刘大碗笑呵呵地回答说："你写的是什么，我不认识。他们都知道，我是大字不识一个的。我喊好，是说你写字时的那样子快跟你勾屎时的厉害劲差不多了。乖乖，那眼睛瞄的够锋利的，那手腕儿用的够爽活的。"

这几句话把龚瀚群说得哈哈大笑："大碗啊大碗，有你这句话，我就算没白到你们鹰盘沿来。"

"不过啊，九先生，你还是给我写得不好。"

"哪儿不好？"龚瀚群一愣，不解地问。

"你带他们写了那么多字，我的怎么两张纸就十个字啊？"

"听毛主席话，跟共产党走，这副对联只有十个字呀。"

"好是好，就是字太少，九先生，给它一边多加几个字好吗？"

龚瀚群为难了，这写好的门对子怎么加字啊？不过，大碗的要求也不算过分啊，不就加几个字吗？他思来想去，他决定破格一回，满足大碗的要求。"好，我来给你加字。你记着，我下面写的是四句毛主席诗词。"说完，他提起笔来就在上联"听毛主席话"的两边，刷刷刷，题写了两行草书，又在下联"跟共产党走"的两边，刷刷刷，也题写了两行草书。明显的，草书的字小于正楷。写好后他看了看，略一思忖，又从他的一个小包里摸出一枚印章，一盒印泥，在一个小宣纸片上按下印章后，用剪子把盖好的印章仔细地剪下，再用胶水把它贴到了下联的左下方，这一切完成后，他郑重地把这一副大门对子交给了刘大碗。

大碗欢喜得不知所措，他把对联捧在手上，朝对联上上下下地看，楷书写得方方正正，草书写得龙飞凤舞，肯定是好得不得了，可是大碗看了如看天书。他只是笑呵呵地一个劲地说："好！好！"笑脸上皱褶比先前扩张了许多。

"又是什么好啊？"

"九先生，字多，好啊。"

"什么好？"

"字多好啊。"

"哈哈哈，"九先生开心地大笑，"告诉你啊，大碗，这上面有三副对联，三十八个字，另外，我还破了一个格，在上面加盖了一个我的印章，这下，你满意不？"

九先生的话让大碗笑得合不拢嘴。

8

除夕的爆竹炸响了。还是大清早的，也不知是哪个急性子年轻人，点燃了除夕的第一响爆竹。接下来，远处的，近处的，不时地稀疏地冒出几阵爆竹的炸响。

项前进是项会计独根儿子，已经在读初三了。这年头读书就是那么回事，不长知识，净长个头。站在老子跟前，都快有他爸高了。早饭后，他把他老子交代的几件家务事做完后，就到西头的同学刘秋实家玩去了。刘秋实是刘大碗的儿子，这两个小家伙一直玩得非常好，就像亲兄弟一样。

这会儿，刘秋实正轻松愉快地在后院做事，看见好同学来了，就丢下手里的活，迎了上去："前进，家里没你的事了？"

"我妈他们在准备年饭，没我的事了，待会儿我的任务是贴门对子。"

"哎，前进，跟你说件事，我大说，过了年就不给我读书了，叫我在家上工。"

"为什么？你愿意？"

"我高兴。我早就想在家干活了。夏书记不是总在说吗，农业学大寨，改造旧山河，一个人的力量肯定不够，如果人人都有愚公移山的精神，鹰盘沿的旧山河还愁得不到改变？前进，你看呢？"停了停，刘秋实又问道："你今后有什么打算？"

"我爸明年要我上高中，还说以后找我表叔在外面找一点事做。"

"前进，今天是三十晚，在新的一年到来之前，我祝你年年有进步，步步得高升。"

"秋实，想不到你会甩掉书包，拿起铁锹。在新的一年到来之前，我祝你什么好呢？"项前进忽然把手往刘秋实肩上一拍，"有了，我给你的祝词是：学做新愚公，改造旧山河。"一句话，把两人都说笑了。

秋实想起一件事，说道："前进，等你贴好门对子，把你家剩下的糨糊给我用一下。"

"怎么？你家今年也贴门对子了？是那个龚老九写的？快给我看看。"

秋实从房里拿出来那副对子。前进夺过来一看，叫道："怎么这样写的呀？"

秋实说："我大开始嫌九先生写的字太少，后来九先生说，那我就再给你增写两联毛主席诗词。"

前进把那几行草字看了几遍，一个字也不认识，不，似懂似不懂的好像还认识两个字：英雄。

秋实说："上面两个字好像是：遍地，这张纸的上头两个字好像是：青山，最后一个字像是桥字。"

"啊，知道了，知道了。"项前进也猜到了什么，两人几乎同时读出那两联毛主席诗词：喜看稻菽千重浪，遍地英雄下夕烟。红雨随心翻作浪，青山着意化为桥。两人都为弄清楚了那四行草书而高兴地哈哈大笑。

9

项前进回到家，他大腰上围着个大围腰，早已把中堂布置停当。中央贴着的是一幅《毛主席去安源》中堂画，两边是四个长条镜框，两个是中堂对子，另外两个是毛主席诗词条幅，镜框的边都是描金的，很是气派。

前进他妈已经把午饭摆上桌了，午饭很简单，谁没事了谁就先吃，因为今天的重点是晚上的年饭。前进想，赶紧把门对子贴好了，尽快把糨糊给秋实送过去。他一个门一个门地贴，贴了大门贴房门，贴了房门贴后门，贴好了厨房贴鸡笼，贴完了对子贴福字，完成任务后，他才坐上了桌子吃午饭。项会计看门对子贴完了，碗里还剩下不少糨糊，就拿着糨糊碗到猪圈去，把剩下的糨糊倒给猪吃了，准备去洗碗。这下，给项前进看见了，他把饭碗一丢，

"大，他怎么把糨糊倒掉了？"

"门对子贴完了，留糨糊干什么？今天是三十晚，碗要洗干净过年。"

"坏了，坏了，那糨糊是留给秋实家贴门对子的。"

"那怎么办呢？"前进的大看着手上的空碗，问道："他家的门对子多不多？""不多，就一副大门对子。"

"那就好，那就好，碗的一转都是厚哒哒的糨糊，用一点开水把它搅拌得稀一点，贴一副门对子老牌子够。"

项前进一看，只能这样了，于是，照他大讲的办法做了，并把这小半碗稀糨糊送到刘秋实家。

大碗看见前进热情地送糨糊来了，笑呵呵地连声表示感谢。秋实更是迎上来，要前进帮自己把门对子贴上去。很快，贴好了大门对子，秋实也高高兴兴地回家过年去了。

大碗拿出自己好长时间没用的搪瓷大碗，装了许多大肉、肉圆子、鱼等三十晚吃年饭上桌子的菜，秋实他娘问："你要干什么？"

"我知道。"秋实说，"大，我给你送去。"

"知道就好。不过，不要你去了，还是我去吧。"

"是的是的，一个人孤零零的在这儿过年太可怜了。"秋实他妈表示支持。

大碗端着搪瓷大碗到前面牛屋去了。

三十晚，好像等了很久很久的把中国人的心——穷人的、富人的、达官贵人的、草民百姓的心，凝聚在同一个时间节点的时刻，在远远近近断断续续响起的一阵接一阵的噼里啪啦的爆竹声中到来了。在这些响个不停的爆竹声中，人们年复一年地把新的希望新的梦想寄托于即将到来新的一年。

起风了，东北风越刮越紧，不知从什么时候开始，天上飘起了雪花。三十晚下雪了，真正是应了中国的一句古话：瑞雪兆丰年。漫天的雪花，就像是一群把年饭桌上的美酒喝多了的醉汉，一个个东倒西歪地满世界逛荡。

新的一年在风雪中诞生了。

10

大年初一。天还没亮，尖利的风透过土墙的缝隙，断断续续地把村子里起早的人家迎新的开门爆竹声吹到了憨老头大碗的枕头边，他也睡不着了，把老婆子的身子轻轻地朝床里边挪了挪，翻身下了床。他走出房门来到堂屋，拉亮了电灯。兴许是三十晚多喝了几杯酒，这会儿他觉得有点口渴，就从碗橱里拿出个饭碗，走到小桌子旁边，提起小桌子上的水瓶倒了碗开水。水冒着热气，有点烫，大碗把水放在一边，拾掇着粪箕、勾屎耙子、手电筒去了。

大过年的，他本打算歇几个早上不出去勾屎了，可是，庄稼人起早的习惯改不了，不到鹰盘埂勾几泡猪屎回来，总觉得有一件事没干。他把开水喝了，戴好帽子，拿着粪筐、勾屎耙子，还有手电筒，打开大门，准备出发。

屋外的雪早已停了，风还在呼呼地刮着。大碗转身回手掩门，突然间，他有了一个重大发现，咦，大门对子呢？大门上的对子不见了。他转身四下看看，一阵冷风从身边吹过。他明白了，一定是大门对子没有贴牢，被风给吹掉了，刮跑了。大碗把手上的勾屎工具往墙边一靠，拿着手电筒四周寻找去了。

在不远处的墙角，他拣到了一张门对子，那张门对子一半被雪压着，一半露在外面。他掸干净纸上的雪，把这张对子纸小心地叠起来，揣进怀里。他又开始找另一张。坏了，另一张也不知被风刮到什么地方去了，找了老大工夫也没找到，最后，他还是在一个草堆拐子把这个宝贝疙瘩找到了。他更是小心翼翼地把这张纸抚平，然后轻轻地折叠起来，带回到屋里。

灯光下，大碗把这副被大风刮走的大门对子铺在吃饭的大桌子上，心想，造孽啊，这么好的字，怎么就给风糟蹋了呢？他觉得太对不起九先生了。他很痛惜，但又有什么用呢？还能有什么挽回的好办法吗？把它重新贴上大门？这时他有点舍不得了。他找了一块干净的布拿在手里，用心地轻轻擦拭那两张大门对子，不仅擦干净了水迹，还把红纸背面的糨糊痕迹也擦拭得干干净净。不贴回去了，他在内心做出了决定，我把它收藏起来，以后，想起九先生就拿出来看看。于是，大碗把这副大门对子工工整整地叠好，并用一块红布把它包了起来，小心地把它放进箱子里。到这时，天也就大亮了。大碗把勾屎的那些家伙收进屋内，转身走进灶间烧早饭去了。

一家子人都起床后，免不了要议论大门对子被风刮跑掉的事。特别是秋实要弄个究竟。他大把手直摇："今天是大年初一，不吉利的话不要说，这点规矩都不懂啊？"

既然家主子把话都说到这个份上了，这件事就算是过去了。当然，秋实后来还是知道了那副三十晚被风刮跑掉的大门对子是被他大藏起来了，为这事他还专门找过项前进，把这件事的前后过程都跟他讲了，他怪项前进给他贴门对子的糨糊有问题，项前进只好默认了。这都是后话了。这会儿，大伙正在过年呢。你看，秋实站在自家门口，接连点响了三根大炮，一盘遍地红小鞭，随着开门炮的炸响，遍地红的红色纸屑炸得遍地都是，像天女散花一般。大碗在一旁看了，从心底发出赞叹：好兆头！

11

年后不久，龚瀚群被一纸公文调回去了。这个龚老九给鹰盘沿只留下了一段传奇故事。多少年以后，鹰盘沿的人们提起那个当年的龚老九，都还带有那么一点神秘的色彩。并且还有几个有名的段子在这个小镇子上口口相传，津津乐道。比如什么"手抓棉花写会匾""三泡牛屎换一幅字"" "一副对联三副看" 等等，传得神乎其神。还有好事者找到当事人询问，刘大碗就被人问过很多回，他什么也没说，只是憨憨地笑，并把头直摇。

庄稼人，一年四季忙的是农活，这些陈芝麻烂谷子的事，人们渐渐地都淡忘了。

然而，刘大碗一直没有忘。每年的梅雨过后，他总要把那副藏起来的大门对子拿出来给太阳照一下，然后又收回到箱子底下去。他时常在惦念：九先生现在怎么样了？

直到有一天，镇子上来了一个戴眼镜的年轻人，他自称是龚先生的学生，鹰盘沿的人们才知道，龚老九，不，龚瀚群，九先生，他已经去世三年了。

这个戴眼镜的年轻人姓范，叫范昭文，是省书法家协会秘书，也是一个青年书法家。他中等个头，脸皮白净，面相文静，薄薄的嘴唇，眼镜镜片后面的两只眼睛闪烁着精明的目光。

其实，这个年轻的书法家和龚瀚群并不熟，只是在一个偶然的场合，他和一群年轻的书法家一道遇上了一位老者，大家都尊称那位老者为"龚老"，背下一打听，原来他就是仰慕已久的大名鼎鼎的大学者大书法家龚瀚群。他走上前鞠了一个躬，并自报家门："龚老，晚辈、学生、书协秘书范昭文。"

"好、好。"龚瀚群把手又伸向另一位青年书法家，这就是他们第一次见面，也是他们的唯一一次见面。

范昭文此次大老远从省城来到这个乡旮旯鹰盘沿是负有使命的。他们省书协的同仁早就风闻龚老下放鹰盘沿的许多逸闻趣事，十一届三中全会后，也正是百废待兴的当口，文学艺术正在复苏，省书协现在准备给国内颇有影响力的龚老办书展。由于三年前龚老已经驾鹤西去，尽管主办方对龚老作品进行了广泛的收集，但是，还很不够，特别是"文革"前期那一阶段的作品，在老同事、老朋友的圈子里搜寻了很长时间一无所获，而在那前后，正是龚老书法创作功力的鼎盛期，现在唯独找不到那一时期的作品，这不是最大的憾事吗？他们不能不承认这样一个现实：的确找不到。他们不知道，因为那一阶段他封笔了。但是，有人预测，在鹰盘沿下放的那些日子可能有意想不到的好作品，省书协这才把目光投向了鹰盘沿，专门派范昭文前来打探。如果不出所料，确有好作品，可以采取征集的形式，付一些奖励费，将作品带回来。

范昭文正是带着这个使命来到了鹰盘沿。

12

鹰盘沿大队热情地接待了这个远道赶来的年轻人。

"范同志，你好，你好。刚刚接到公社项秘书电话，说你要到鹰盘沿来了解一点情况，欢迎，欢迎。"夏书记紧紧握住范昭文的手说。"你是龚老师学生？是来调查龚老师下放到我们大队时的情况？嗨，问我算是问对人了。这个老同志革命觉悟真是高，和我们贫下中农的阶级感情很是深哪。在队里干活，那是起早摸黑，天天是半夜爬起来拾粪。你那个龚老师写得一手好字，没有大毛笔，抓起一把棉花就为大队写会匾，你恐怕也没见过吧。"夏书记就把当年亲身经历亲眼所见的情况活灵活现地叙述了一番。

听了夏书记这一番话，范昭文也有些激动了。不过，他不想绕太大的弯子，而是直奔主题，问道："夏书记，龚老师除了写这个会匾，还写过一些什么？"

"多啦！我们这附近的几个生产队贫下中农，哪一家没请他写过？"

"是吗？"范昭文镜片后面两只眼睛在骨碌碌地转动，在不停地闪着微光。"家家都请龚老师写过字？"

"家家写过！这还能有假？"

"夏书记，能领我去看看吗？"

"好哇！小刘，你去领着这位范同志到鹰盘沿一二队跑跑。"

小刘是谁？小刘正是憨老头刘大碗的儿子刘秋实，他现在已经是大队农技员了。听到老书记的安排，秋实就领着范昭文走了。

他们走东串西，接连跑了十多户人家，大家的回答几乎是一样的：没错，那一年过年，龚老九是给他们家写过字，但写的都是春联，两个月一过都被风吹雨打烂了，现在拿什么给你看啊？范昭文的两片薄嘴唇紧抿着，两只眼睛耷拉着，他有点失望了。刘秋实也有点过意不去，就对范昭文说："我再领你去一户人家看看。"

刘秋实想起来了，听说当年项前进的大，项会计曾经请龚先生写过不少东西，自己还在前进家的中堂上看到过，自从前进干了公社的秘书以后，很少回家，所以自己也就很少到前进家去，对他家的中堂布置就更没有留意了。这会儿他陪范昭文跑到现在一无所获，实在感到有点对不住人，他想，项会计家或许还保留一点当年龚先生的东西，这样一考虑，他就把范昭文领去项会计家。

13

还没到项会计家大门口，老远就有人在迎接他们了。恭候他们的不是旁人，正是这家的少主人项前进，公社的项秘书。范昭文到公社转外调公函是项前进接待的，对范昭文的身份和外调内容有了了解，所以抓紧赶回了鹰盘沿。他想，送到家门口的书法家，能把他轻易放过吗？

"欢迎！范秘书，范书法家。"项前进伸出好客的双手，满面都是微笑。

范昭文一怔，"他是谁？怎么有点似曾相识呀？"来不及从头脑里虑一虑了，他做出了积极的反应。"你好！你好！"立即伸出右手握住对方伸过来的手。

刘秋实没想到项前进已经回家来了，更没想到他还认识这位客人，连忙对范昭文介绍说："范同志，这位是我们公社的项秘书，不不，很快就是我们公社的项副主任了。"

"哎哎，老同学，自由主义要不得呀。"项前进做出一副挥拳打人的架势，大家被逗得哈哈大笑。范昭文也突然明白了，自己来鹰盘大队的介绍信正是在他手上转的嘛，怪不得似曾相识呢。

项前进把他们迎进家中。

拾粪归来的憨老头刘大碗刚好从这里路过，看到项会计家怪热闹的，也挤进去想看个究竟。

作为大队干部，刘秋实对这一家的主人给范昭文作了进一步的介绍，同时，也把范昭文此番来意给项家父子作了大致的说明。

接着，范昭文就龚老去世，省书协准备为其办展览而广泛征集龚老书法作品的事，做了一个详细的解释。

大家听说当年下放到他们鹰盘沿来的那个慈祥的龚老头，那个为他们家家户户写过春联的龚老头去世的消息，无不为之惋惜。刘大碗更是从心底连连叹息："九先生，你怎么就走了呢？怎么就走了呢？九先生！"

范昭文进屋后，就感到这一户人家与刚刚跑过那些户人家不一样，不一样在什么地方呢，一时也说不清，只感到这一家是比较讲究的，一幅装裱过的山水画中堂，两旁配上一副装裱过的对联，在范昭文眼中虽说有那么一点气象，但终究显得有点俗气。

范昭文请项会计把当年龚先生下放鹰盘沿的情况谈谈，项会计就把龚老头当年下放时，自己是如何如何照顾和帮助他的，如何给他送猪汤，如何帮他完成勾屎任务等许多往事添油加醋说得天花乱坠，并把那年春节龚先生为自家书写对联、书写毛主席诗词条幅的事统统掏出来炫耀了一番。

听到这里，范昭文那两只眼睛一下子来了精神，忙问，"那些对联和毛主席诗词条幅作品呢？能拿出来给我看看吗？"

"很可惜啊，"项前进不失时机地插了进来，"我大什么也不懂，龚老的字在家挂了几年？大概是三年吧，大，你就嫌它旧了破了，把它给换了扔了，太可惜了，真正是有眼不识金镶玉。"

实际情况是，好几年以前，项会计嫌中堂画两边的对联、诗词条幅太旧了，准备换下来扔掉算了，但在外面工作了几年的儿子项前进说，那副对联确实是旧得败色，加上那又是普通的红纸写的，没有保存价值，扔了算了，可那两个条幅是宣纸写的，又是一个大教授下功夫写的，把它留下来吧。这一来，东西是留下来了，可是，项前进既非内行，也不了解知识界文化界情况，既不知道这老头在书法界的地位，也不知道作品的价值。昨天，就在范昭文转介绍信时，项秘书知道了他此次来鹰盘沿的目的，并且由此得知了相关信息，项前进听了后既暗自庆幸，又后悔不迭。庆幸的是那次多亏没有把龚老头子的那两幅诗词条幅扔了，后悔的是万不该把龚老头子红纸写的那副对联当废纸甩了。这次他赶回家目的就是两个，一是告知自家的老头，不能把那个龚老头写的东西拿给姓范的看，更不能让姓范的把龚老头的那两幅字带走，二是必须要这个姓范的留下两幅字。刚才他说的那几句话是故意在糊弄范昭文的。

范昭文听了项前进的话，那刚刚来了精神的双眼又渐渐地暗淡下来。

14

"范书法家先生，你难得来到这个穷乡僻壤，更难得你光临寒舍，今天一定请你留下墨宝，做个纪念。"

范昭文连忙把两只手直摇，更是把头直摇："不行不行，我这是出差，没有带毛笔。"项前进哈哈一笑："没关系，没关系，这点小事哪能要你烦神？"项前进一副成竹在胸，稳操胜券的神态："我早就给你准备好了文房四宝。"他拿手朝香案上指去，果然不假，长条香案上早就摆好了笔墨纸砚，只不过大家刚进大门，没有留心罢了。这一来，项家堂屋热闹起来了，抬桌子的抬桌子，挪板凳的挪板凳，拿笔墨纸砚的更是跟着上，一下子大家就把范昭文围到了中间。范昭文心想，我是来公干的，这帮泥腿子讨便宜讨到我身上来了，没门！范昭文想跑，也突破不了重围。有几个好热闹的，赶紧跑到镇上的商店买回几张宣纸，也想赶着请这位年轻的书法家写几个字。

范昭文一看这阵势，知道脱不了身了，但是又不心甘情愿，便皱着眉，摇着头，薄薄的嘴唇在自语："太可怕了，太可怕了。"他一边说着，一边拿起毛笔濡着墨。那架势，确也有几分帅气，几分洒脱。项前进一边帮范昭文扶着宣纸的边角，一边为范昭文不停地叫好。

范昭文以行书见长，以几分灵气驾驭笔端，追求优雅精致，顷刻之间，一气呵成。他嘴角露出一丝别人察觉不出的得意微笑，放下了毛笔。

这时，几个刚刚买好宣纸赶回来的青年，扒开围观的人群，把纸放到桌上，嚷嚷着："先生，给我来一张。""范领导，给我写一张。""还有我一张。"

看着这一个个不识行情找他求字的人，范昭文的脸上流露着一种满是厌烦的神情，他干脆用手分开人群，一边自语道："太可怕了，太可怕了。"一边准备朝外走。

大碗见此情形，憨厚的笑脸上挂上了几分不满，一肚子纳闷。可怕什么呀可怕，偷你的钱了，还是抢你的钞了？不就是看你字不错请你写两个字嘛，有什么不得了的大事呀，大惊小怪的。

场面有点尴尬了，刘秋实只好站出来讲话："请大家散了吧，范秘书今天太累了，要休息啦。"

"太可怕了，太可怕了。"范昭文一边说着，一边向外走。

项前进也有点觉得扫了面子，忙站起来对大家说："范领导今天来是有公干的，下面我们要办正事了。"

既然大队和公社的人都发话了，大家还有什么话说，特别是那几个刚刚买了宣纸的年轻人都很不情愿地离开了。刘大碗见状，他把头直摇，当年九先生给大伙办事时的那份热心劲儿，怎么在他的学生身上找不到一点儿影子了？大碗心想，九先生啊九先生，你怎么教出了这样的学生？

大碗想着，摇着头，转过身，就要离开项会计家。还没有走到门口只听见有人在喊他："刘大叔，你停一下走，有事问你。"

"前进，叫我有事？"大碗问道。

项前进没有回答大碗的话，而是把头转向范昭文："我来介绍一下，这位是刘技术员的父亲，也有人说他是三泡牛屎换一幅字的主角。秋实，你说是不是呀？"

刘秋实笑了笑，没有答话。

范昭文一听，顿时来了精神，往秋实身上拍了一下："刘技术员，还跟我打埋伏呀。"

刘秋实再次笑了笑，说："我早就安排好了，我家的事放在最后，作为压轴，我大是会给你一个交代的。"

"那好那好，范领导，我们一起去刘技术员家，看看他家的宝贝。刘大叔欢迎不欢迎啊？"项前进说。

刘大碗憨笑笑："就你这个龟孙儿子点子多，和你老子一样。鬼精鬼精的也传代啊？"

15

到了刘秋实家，范昭文实在憋不住了，问："刘大叔，刚才项秘书说你是三泡牛屎换龚老的一幅字，有这么回事吗？"

刘大碗笑呵呵地反问道："你看呢？"这时，刘大碗的笑容收敛了，义正词严地问："有什么东西能换到九先生的字？金子也换不来！这是那些吃饱饭没事干的人瞎编的故事，你也信？不过，跟我们这些乡巴佬打交道，总也离不开猪屎牛屎的，这倒是实话。"

"刘大叔，你有龚老师的字？"范昭文也顾不得遮遮掩掩的了，开门见山，直奔主题，"能给我们看看吗？刘大叔。"

"九先生的好字，当然看得人越多越好啦。你想看，能不给？"大碗说着话，就到房里翻箱子去了。秋实和前进在谈着当年贴门对子的趣话，范昭文两眼直发愣，显示着一种等待中的急迫情绪。

关于这副门对子的传说，范昭文已经听到好几次了，今天又亲耳听到当事人叙说，真没想到这副门对子竟还有这么个感人的故事。人们都传说他家收藏那一副门对子当三副看，怎么个看法，这也正是他长见识的一个机会呀。

刘大碗捧着一个红布包出来了，范昭文忙迎了上去，项前进和秋实也围了过来。大碗把这个红布包放在大桌子上，轻轻地打开，放在他们面前的也就是折叠了好几层的一副红纸大门对子。

范昭文的头向前勾着，眼睛放着光。不等大碗把红纸拿上手，他一把夺过来，急切地把它展开了。范昭文看过了这张看那张，看过了那张看这张，在下联的那张对子纸上竟然还看到龚瀚群的一颗印章。这幅书法作品和外面传说的还真的大致不差。范昭文不解地问道："刘大叔，这副大门对子怎么写成这样？两种字体，两个大小，三十八个字，外加一个印章？"

刘大碗呵呵一笑，说："你讲的这些我不懂，你是不是问，给我写的这副对子跟人家的不一样呢？"

"对，对对。这副大门对子怎么跟人家的不一样？"范昭文问。

刘大碗又是呵呵地憨笑道："我不识字，人人都说九先生的字好，那天他只给我写了十个字，我嫌字太少不高兴，他就给我加了这么多字，还盖了一个章。"接下来刘大碗又将那年三十晚贴门对子、掉门对子、找门对子、藏门对子的经过一一道来，这回，把范昭文那放光的双眼说得完全发直了。他急速地把红纸按原样叠回，说："刘大叔，和你商量一下，省书协想征集这副大门对子，我们还将按照有关规定，给你一笔可观的奖励。"

大碗一听，有点急了，连忙把那副对联夺了回来，说："什么？你们要把它拿走？那怎么行！这是九先生给我写的。"

"大叔，征集活动是国家行为，是上级的需要，你最好还是配合。"范昭文打起了官腔。

"范领导，这叫怎么说，征集？"刘秋实显然也很不理解，很不满意。

项前进这时觉得不得不出面了，他对刘大碗说："大叔，不是范秘书私人要拿走你家的大门对子，他就是带着这个任务到鹰盘沿来的，是上级领导叫他来的，再说，国家还要奖励你一笔钱呢。"

"我能拿九先生给我写的字换钱？那还叫人？"大碗说着沉下了脸。"那我可要问你了，范领导，你们把这大门对子拿回去往哪儿贴呀？"

一句话把范昭文问笑起来了。"刘大叔，征集是为了保护，龚老这么好的字，散在民间，容易弄坏，弄丢。再说，办龚老的书法展览时把它拿出来，能够让更多的人看到，这多好。"

"你这样说，我也就放心了。九先生的字那你就带回去吧。钱，我是分文不要。九先生的人虽然走了，可他送给我的字还有人想看，爱看，说明我刘大碗的这点心思没白费。"

范昭文的心里喜得乐开了花，说；"刘大叔，为了表示感谢，我给你写幅字吧。"

"给我写字？"大碗笑了，"把你怕到什么地方去，我能担当得起？"

项前进、刘秋实听了这话，都忍俊不禁扑哧笑出声来，范昭文给臊红了脸。

"范领导，我大的意思是，给我大写字就不劳你大驾了，你要是真想给鹰盘沿的人留下一点东西，就去把刚才请你写字的人送去的纸都写了吧。"刘秋实对范昭文说。

刘大碗笑呵呵地把头直点，说："是这个意思，是这个意思。"

这回范昭文没有半句讨价还价，连忙说："马上就去写，刘大叔，我马上就去写。刘技术员，麻烦你去把人喊回来，项副主任，还是上你家写去。"

"哎哎，范领导，什么副主任副主任的，刘技术员前面说的是玩笑话，你这样喊就不合适了。"项前进说。

又是一阵哄笑，他们走了。项前进附在秋实耳边小声说；"这么好的宝贝白白地送给他？"

"我大说的是对的，九先生的字，国家要征集，很多人爱看，那就拿去吧，比放在我家压箱子底强。"秋实朝前进笑笑，前进把头摇摇，头脑里只蹦出两个字：呆子！

范昭文一边走，一边小心翼翼地把那红布包裹着的大门对子放进自己的公文包，并把拉链拉得严严实实，他走得很称心如意。

16

龚瀚群书法展如期在省城开幕。这不仅是全省书法界的大事，在全国书法界也有震动性影响。在龚瀚群书法展的开幕式上，日本书法界还派了一个代表团前来参加，盛况空前。

展览会展出的龚瀚群书法作品有三百多幅。这次展出的龚瀚群作品从字体的层面看，有结构奇古、具有遒劲圆润之美的钟鼎文；有结构成纵势，布白对称匀称，用笔中锋圆转的小篆；有笔法丰富，风格严整壮阔，舒展灵动的隶书；有法度的规范性又具极大的灵活性、最善表达作者情感的草书；有以方笔为主，开雄强古朴之风的楷书。从创作时间的跨度看，近四十年创作历程，几乎囊括了书法家各个时期的书法作品。充分显示了书法家深厚的传统功底和灵动的创新活力。

日本友人极有兴趣地在展厅内观摩、记录、拍照。参观结束，日本嘉宾们到休息室小憩，日方代表团团长池田砚作中文说得很好，他对主办方的陪同人员谈了一番观感。陪同人员有省书协的张秘书长，省书协秘书范昭文等人。池田砚作首先对龚瀚群的书法创作给予高度评价，并告诉他们，日本的书法界一直在关注龚瀚群的创作，还有人在专门研究龚瀚群，自己也是龚瀚群的研究者之一。说到这里，他把话锋一转，沉吟道，这个展览好像有一点不足，那就是龚瀚群在他书法创作的鼎盛期好像出现了一个断层，一个创作活动的空白时段，那就是60年代末70年代初，请问，是有作品没有征集到，还是根本没有作品，原因又是什么？

张秘书长不得不佩服这个日本人的细致、精明、研究功夫的深透，他微微一笑，给了秘书范昭文一个示意，范秘书赶紧接过话头，告诉池田砚作，你的研究确实很细致、很深入，你刚才所说的那一历史时段，他正在从事一项学术研究，不过，他的书法创作并没有停止，至于你所说的空白时段，那是不存在的，我可以很负责任地告诉你，这一历史时段的传世之作我们很快就能征集到。

最后一句话让张秘书长吃了一惊，他怎么敢这样说？其实，范昭文敢于这样说，而又觉得必须把这话说出来，是有原因的。他从鹰盘沿回来后，对自己贪下来的那副大门对子收获秘藏不露，从他一见到那副对联的那一刻起，他就决定要把那副对联变成自己的宝贝了。回来后，他在给秘书长汇报到鹰盘沿的工作时，主要汇报了龚老在鹰盘沿的工作表现，在鹰盘沿的干群关系，其实，这些情况与书协的这次任务没有丝毫关系，与他去鹰盘沿的使命也毫不相干，完全是王顾左右而言他。他此去任务的完成情况，他只用短短的两句话给搪塞了。他说，龚老在鹰盘沿的书法活动只有两次；一次是帮大队写过批判会的会匾；第二次是帮几个生产队的贫下中农写过春联，这些字早就没影儿了。不过——，下面的话他故意说得吞吞吐吐，犹犹豫豫，意在留下一个伏笔，留下一个空间。

范昭文一直不相信项前进说的，他把那两幅毛主席诗词条幅扔了，他真的会扔了？范昭文压根儿就不相信。他把这个事情的前后情节轻描淡写地说了一下，以防一旦日后那两个条幅露出市面，自己将背上失察之过。这个情节透露，他是考虑再三的。而今天他在和池田砚作的对话过程中，对这件事说得那么有底气，也说明他经过这么一段时间的沉淀，愈加坚信自己的判断不会有什么失误。

龚瀚群书法展办得非常成功，影响之大远远超过主办方的预料。在之后一个相当长的时间内，对龚瀚群书法研究的著作和文章风靡国内外。

17

二十世纪末，随着改革开放的脚步越迈越大，国内的艺术品在市场上的表现也由最初的羞羞答答、遮遮掩掩转变为昂首挺胸、风光洞开。

世界上最享盛名的艺术拍卖行苏富比拍卖行始创于十七世纪，一直是全球历史最悠久、规模最大的国际知名艺术拍卖行，也是第一家在香港成立之拍卖行。中国大陆改革开放所带来的欣欣向荣的新气象，更是强烈地吸引了苏富比。在世纪之交的前后，苏富比分别在上海和北京设立了代表处，业务触角日渐深入。

金秋十月，正是北京一年中最好的时节，日中友好代表团访问北京。作为代表团成员之一的池田砚作，他已经是第二次访问北京了，在主办方安排的参观访问的日程之外，他利用休息时间跑了一下书画市场。在这里，他得到了一个意外的收获，看到了苏富比年底在香港部分拍卖品的预展。在这个预展上，他看到了一个熟悉的名字，一个时常萦绕在脑际的名字，那就是龚瀚群。这个预展没有展出龚瀚群作品的真迹，只是对拍卖品作了简单的三句话介绍：这是书法大家龚瀚群写于 1968 年的一副春联。这是一幅写于特殊年代的特殊作品。随拍卖品送给你的是一个近于荒诞的故事。

池田砚作最感兴趣的是这幅书法作品的创作年代，直到眼下为止，他还没有见过龚瀚群在这一时间段上下的作品存世，也就是说，这副春联也许可以填补龚瀚群书法作品创作时段的一档空白。说是下期拍卖品的预展，又不让拍卖品实物现身，这是不是故作神秘？在介绍拍卖品的第二句话中强调的是"特殊"二字，这是不是又增加了一层神秘感？拍卖品介绍的第三句更有意思："随拍卖品送给你的是一个近于荒诞的故事。"这显然是在卖关子，它所涂抹的仍然是拍卖品身上的那层神秘色彩？"有意思了。"池田砚作在心中自语，"龚老爷子，你搞的什么鬼啊。"他对这个尚未现身的拍卖品真的来了兴趣，便暗下决心，到时候去一趟香港看看。

18

两个月之后，香港苏富比拍卖行。

今天的拍卖活动正在激烈的进行中。池田砚作对其他的艺术拍卖品一样也不放在心上，他是直奔龚瀚群的春联而来的。龚瀚群的春联拍卖活动安排在拍卖会的下半场，所以，在整个上半场，池田砚作就是一个陪拍的角色。当拍卖主持人宣读拍卖品龚瀚群春联的介绍时，池田砚作几乎屏住呼吸，不落下一个关键词，通过介绍，他确认了这幅作品的书写时间是1968年春节，书写地点是华东某地农村，书写赠予对象是一个地地道道的农民。

观看拍卖品时，池田砚作大吃一惊，这副春联连他这个中国通也是见所未见，闻所未闻。粗略地看，这副春联的纸张就是中国春节老百姓书红常用的普通红纸，虽然时间过去了三四十年，春联的红色淡了许多，还呈现出了一些斑驳的色调，而它的非凡之处，在于创作者的超凡构思，奇妙编排。它完全突破了传统的春联书写格局，一纸书写三行，两纸三副联语，正草两种字体，各呈大小两样，此外字数多多，另外加盖印章，这样的春联书写格局谁见过？尽管如此，那又怎么样，它依然是纯正的春联，谁又能否认它不是中国春联呢？这叫什么呢，这就叫跳出格局外，还在传统中。

从书写内容看，恰如拍卖师所说，这是特殊年代的特殊作品。"听毛主席话，跟共产党走"正是那个年代最正统的通用联，两副毛主席诗词联语正是那个年代最时髦的流行联语。拍卖师说，这副春联有着抹不掉的时代印记，正是指它的书写内容。

忘情欣赏，细细品味，这幅书法作品的书艺本身，直叫池田砚作有点目瞪口呆。楷书用笔方劲刚健，不偕流俗，溯源锺繇；草书纵横奔放，酣畅淋漓，直逼"二王"。从整体篇幅看，大气磅礴，灵动厚重，正草相互映衬，大小左右呼应，既融会贯通，又变化多端，特别是字里行间所表现出来的那种空灵疏宕的美感，定当是源自龚先生日常恬淡自适的生活所孕育出的高洁人品，而绝非纯粹的书艺技巧所能达到的高度。尤其是那一方印章的运用，虽然他面对的是一个大字不识的老农，此举却更体现了一个大学者、大书法家的民本思想和广阔胸襟。池田砚作两次拿着放大镜靠近拍品察看，愈看愈是内心佩服得五体投地。

拍卖锤重重地落下了。

池田砚作沮丧地收起了放大镜，尽管他是抱着志在必得的信心而来，也尽管他付出了九牛二虎的力气，可是，最终拍品还是被大陆的一家企业所得。池田砚作唯一值得庆幸的是一饱了眼福。

19

项前进这些年官运亨通。他从乡里领导的位置上没几年时间就升上了副县长，后来当上了县政协主席，有人认为他这官大概是做到头了。谁知柳暗花明又一村，很快，他又擢升为副市长了。

项副市长这次回鹰盘沿是来奔丧的。他的老父亲项会计以 89 岁的高龄谢世，真正是红喜了，可是村里人都传说他是被吓死的，不吉利。在他去世前的一个多月里，左右邻居经常在夜里听到老人家惊恐的叫声。

鹰盘沿村现在的书记是老书记的侄子小夏书记，也是项副市长的外甥。他告诉舅舅，这个传说确有其事，老人家近一段时间一直是寝食难安，半夜里常常是自己吓自己，睡梦中惊叫而醒，浑身冷汗。临死前的那天夜里，他的手老是朝堂屋里的中堂指划着，也不知他要干什么。项副市长把头点点，并抬了抬手，示意他别再说下去了，只是吩咐外甥，把中堂上挂的所有东西全部撤除，说是要布置灵堂。

其实，项副市长心里跟明镜一样清楚。

这些年来，项老会计的儿子项前进在仕途上是一帆风顺，从乡里到县里，从县里到市里，特别在两个升迁的关键处，龚老九在阴间总要无可奈何地助他一臂之力。这些年来，龚老九的名气太大了，拿他的字去攻关，真可以说是百发百中。本来嘛，这也不是什么大不了的事，只是没想到儿子胃口越来越大，每上一级台阶，紧跟着的就是大把大把钞票的进账，项老会计的算盘精着呢，各项进账虽然没人给他报账，但他闭着眼也能估算个八九不离十。渐渐地，他怕了，他怕报应早晚会不打招呼就到来。他虽看不到，但耳朵听得到，不是有多少多少显贵的大头子被关进号子了吗？他越想越怕，越怕越想，疑神疑鬼，噩梦连连。他有点后悔了，后悔叫龚老九写那两幅字，如果没有龚老九的字，儿子也不会走到今天这步田地，自己也不用这样整天地担惊受怕。他真的是后悔了，甚至有点怨恨龚老九了，他在临死前还用手颤巍巍地指着龚老九写的那两个条幅以前悬挂的地方。那个曾经是他人生向往的地方，那个是他如今最怕看到的地方。

项副市长招呼撤去中堂上的悬挂物，除了想抹掉老父亲的疑虑外，还有另一层想法，就是想把中堂上悬挂的范昭文写的对联拿下。他已经从书法界的渠道得知，省书协的秘书范昭文升任副秘书长后犯事了，就是大碗收藏的龚老九书写的那副春联给他贪了，又叫他给高价卖到了香港，那卖价高得吓死人。这一来，他受到了党纪国法的处分。这个寡廉鲜耻的家伙，堂堂的副市长的家怎能挂他的字？

　　吃过饭，村农技员刘秋实来到项家，前来给项大叔吊唁。见项前进已经回家了，难免客套几句。项副市长把秋实大收藏的那副对联的最终下落以及范昭文为此受双规的事告诉了他，秋实把头摇摇说："我大上次看见他那个表现时就说过，他不像是九先生的学生，他做出这种肮脏事，也算是自作自受了。"

　　项副市长说："秋实，你可以向组织上说明情况，把拍卖的钱要回来。"刘秋实淡淡一笑："要钱？我大在世时就说过，拿九先生给我写的字换钱，那我还是人？我更不能做作践我大、作践九先生的事。"

　　项副市长看看憨厚的秋实，似乎还是中学时的那副模样，他感情复杂地转换了一个话题，对刘秋实说："还记得那年三十晚你准备辍学时，我给你的祝词吗？"

　　"怎么不记得，学做新愚公，改造旧山河。"刘秋实说。

　　"你给我的祝词呢？"项副市长问。

　　"年年有进步，步步得高升。怎样？我说的准吧？"秋实被勾起了往事，忍不住大笑起来，"不过，那时候我说的高升是指升学。"秋实老老实实地说。

　　"我们说的都准，不过，"项副市长拖长了声调，放轻了声音，那声音低得像是说给自己听，"还是做个新愚公好啊。"

20

起风了。

鹰盘湖的湖水一阵阵地拍打着埂堤，发出哗哗的声响。

鹰盘沿的项家，项副市长在为逝去了的老父亲坐夜。他虽然人在家中坐，可他分明听到了远处鹰盘湖水拍打堤岸的声音。那声音，说起来还蛮远的，听起来却是很近很近。耳畔，湖水拍岸的声音显得那么大，那么急，就好像是惊涛裂岸，动人心魄。在这声音里，他还好像听到了老父亲临死前在半夜三更的噩梦中那吓人的惊叫声，不，更像是老父亲撕心裂肺的呼唤。他的全身不由自主地引起一阵战栗。

鹰盘湖的水养育了一方土地，养育了一方生灵，养育了一方生灵的再造物，世世代代，绵延不尽。它孕育过美，孕育过善，也滋生过丑，滋生过恶。这些，都是它的传世之作。所不同的是，后者，立之短暂；前者，存之长久。正因为这样，鹰盘湖依然美得清纯，鹰盘湖的这一方土地依旧美得迷人，鹰盘湖的一方生灵更加健康强壮，充满活力。

灵堂坐夜是冷清的、寂静的，有点瘆人，可项副市长此刻的内心是太不平静了，就像是鹰盘湖的水，浪打浪，浪拍岸。他想起了龚老九，他想起了那年三十晚他也曾摆弄过的龚老九的传世之作——刘秋实家的大门对子；他想起了笑呵呵的刘大碗，想起了刘大碗说自己的话："就你这个龟孙儿子点子多，和你老子一样。鬼精鬼精的也传代啊?"他又想起了那个没出息的老同学秋实，他那憨笑的模样越来越像他大了。这都是怎么一回事啊？他思前想后，怎么也整不出个道道来。好在离他的天亮还有一段时间，就让项副市长在这鹰盘湖畔多听听浪打浪的声音吧。听浪，或许他还真的能从中听出点什么真谛来。

2012 年 12 月腹稿

2021 年 12 月完稿于芋芳斋

跋

芋芳，多年生的草本植物，我很喜爱。收在集子中这些文章，其实都是我这些年来从土里刨出来的芋芳，实在不登大雅之堂，所以，这个集子的名称用了它。再则，这个集子是《遥看草色》的续编，同出于草根本色，正是这两个书名的一脉相承之处。

老实说，这个集子本打算过几年再编，现在好好打几年小麻将玩玩。特别是冬天下雪的时候，嘎吱嘎吱地踏着雪到友人家去玩个小麻将，更能深切地体验"麻将声里又新春"的温馨和乐趣。

谁知天不佑我，病来如山倒。十年前，我得过一场大病，是个要命的病。这一次的病比上次的还要凶险。看来真的是时不我待了，这本书现在不把它弄出来，恐怕就要抱憾终身了，我只好仓促上阵。这一来，有一些本来筹划好的文章就没办法形诸文字了。好在如山的病状只压倒了我的半边身子，作为司令部的大脑还能运行，我这才得以着手编撰这个集子。这也是上苍的慈爱、眷顾和怜悯，我特别知恩、感恩。

我年轻时就向往去大西北走一遭，一直未能如愿。第一次的那场大病之后，我决心尽快兑现这一桩多年未偿的心愿，于是在 2014 年的 10 月 15 日至 11 月 2 日，头尾 19 天，我独自一人总算在新疆的若干个地方和甘肃的敦煌、嘉峪关，陕西的延安、壶口等地小遛了一圈。说是"小遛"，是因为在乌鲁木齐时，人家都说我来得不是时候，他们说这季节许多地方是花谢了，草枯了，果落了，没啥看头，再加上近年来境内外不法分子的破坏捣乱，造成新疆旅游业的冷清萧条，还没到 12 月份，市里的旅行社大部分就已经关张了。所以，我只能说是小遛了一圈，走到哪玩到哪。尽管如此，此行得以顺利完成，还真多亏家璧老弟的大力帮助，一路上的飞机票、火车票，都是他为我网购的，真是方便。大西北，脑海中的茫茫戈壁，漫漫沙丘，移动着的应是驼峰绵延、驼铃叮当的驼队。这驼队，我在月牙泉是看到过了，不过，那只是景区的点缀，它唯一的任务就是给游人一饱眼福。而今，那种承载运输任务的驼队显然早已走向了历史的深处，只有那远去的驼铃，似乎还响在人们的记忆中，且愈行愈远……

此行按计划是想抓一组小文章的，但后来只写了关于达坂城与王洛宾和石河子与艾青的那两篇就撂手了。心想，明日再写吧。谁知明日复明日，明日何其多。懒，是什么事也干不成的。

这个集子中的绝大部分篇什都是近些年倒腾出来的。只有《南来的燕子》和《菱花赞》两篇是近半个世纪前的东西，这是那个荒诞年代的故事，其内容的荒诞，叙事的笨拙，文字的稚嫩，无论是对它们所表现的那个时代，还是对当年有着强烈发表欲的年轻作者，都是一段绕不过去的历史。

《短笺三叶·开门微笑》一文放在这个集子中确有点不伦不类。因我曾经在省高速刊物打了一段时间工，现在把它收入集子，主要是对友人的怀念。需要说明的是，还有几篇文章曾收入《遥看草色》中，后来在省相关刊物陆续发表，这次也就编入了集子。《林散之为霸王祠撰联背景及成因》一文在《作家天地》2015年11月号发表后，投给了《新华文摘》，后来我的电子邮箱收到了反馈文字，通知我文章已经送审，但是后来就没有下文了，到底是什么原因我也没弄清楚。为了这一个念想，我将此文收入了集子。

《传世之作》是十年前构思的一篇小说，这次病后完成了它的写作，顺便也把它网罗进来了。

这里，特别想说一说的是《读史随笔》一文。提起来有点话长。那年，我大学刚毕业不久的一天，到外地出差，看到一部《宋人轶事汇编》（三册），这书是近人从宋元明清大量的著述中辑录宋代六百余人的材料汇编而成的。当时我把书草草地翻了翻，感觉它涉及面广，信息量大，内容丰富，很感兴趣，就买了一套，回到家以后就把它翻看起来，这一看，使我对宋仁宗颇有心得，边看边圈圈点点，还做了一些笔记。谁知后面因工作、家庭上的许多琐事，就把这部书的阅读停下了，只是书的扉页上记下了购买这部书的时间：1982 年 8 月。这部书就被我放回到书架上去了。谁知这一放就是四十年。去年某日，闲暇无事，我偶尔又拿起了这部书，翻看之后，我后悔了。后悔这么多年过去了，这么一部好书，特别是我很感兴趣的关于宋仁宗的一些篇章居然没有读完。后悔没有用，抓紧时间读吧。此后，我又找了一些相关的材料来读，本打算好好琢磨琢磨这位仁君，想不到后来一场要命的大病打飞了我的这个想法。只留下一声惭愧的叹息。《读史随笔》上的那几行文字能够让作者在康复中急就章而成，实在是上苍的垂怜，我真的很感恩。

为这本集子作序的是我的大学老同学臧连明先生。退休前他是滁州的官员，也是研究现代文学的学者，有专著刊行于世。这次，他能为本书作序，特别是他在《序》中回顾彼此友情的文字，非常暖心。此外，朋友姚明虎、汪自戒帮助完成了校对等工作。在此，一并表示由衷的感谢。

2022 年 5 月于芋芴斋